難道你不認為……從沒開始的愛情會悠長一些嗎？

從沒開始又怎知道是不是愛情？

那兩個人彼此會知道的。

你是說，為了悠長一些就克制自己不去開始？

嗯，那樣不是很美麗嗎？

JASMINE ☆ STREET
1996.12.24

Too late
when I got your letter

收到你的信
已經太遲

或許，

從沒開始的愛情，

最是悠長……

chapter ☆ one

九五年的聖誕，我們開始。
九六年的聖誕，你不再愛我了。

你知道我從今以後都會痛恨聖誕，
因為，只有跟你一起的那天才會是個節日。

1

沈真莉的一張鵝蛋臉粉嫩嫩的，身上白色翻領短袖汗衫下面露出的兩條膀子像桃花似的粉紅色，顯得有點瘦。她穿一條橘色的吊腳褲，露出兩個腳腕。像這種褲子她有好幾條、不同顏色的。

跟其他年紀和她差不多的女生不一樣，她不愛穿牛仔褲。牛仔褲廣告老把牛仔褲吹噓成野性和自由的代表，不過是謊言。她想，要是套一條緊身牛仔褲在一頭野豹身上，牠也別想再跑得快了。不過，她承認，要是她的大腿瘦一點，她不會介意多穿牛仔褲。她低下頭去，有點懊惱地看看自己踩著露趾涼鞋的雙腳，剛剛走過一條沙塵滾滾的路，腳背有點髒。她腿往後抬，用手抹抹腳背的灰塵，然後又抬起另一條腿，掃了掃腳背。整個夏天她都穿這雙平底涼鞋，喜歡腳下涼快得彷彿沒穿鞋子的感覺。

這時，她覺得頭有點癢，手指插進頭髮裡抓了抓，完全忘了那隻手剛剛抹過腳背上的灰塵。

她不拘小節的個性像個男生，幸好她擁有一張漂亮的臉蛋和發育勻稱的身體，但她還是嫌自己一頭清湯掛麵的黑髮太固執，也嫌兩條圓滾滾的大腿胖了點。十九歲的她，最美的其實就是那雙杏眼。她那雙清澈的眼睛黑的黑、白的白，像圍棋棋子似的，擺著一個引人入勝的棋局。那雙眼睛鬼靈精得很，倒映著眼睛主人滿腦子的古怪念頭。真莉從小就愛做古怪的白日夢。她不知道人家都做哪些白日夢。她做過的白日夢可多了，她夢過自己的婚禮，新郎是誰不重要，重要的是她穿上漂亮的婚紗。她幻想過自己的葬禮，就像愛情電影的年輕女主角那樣，她死了還是很漂亮。

她也夢想過自己當上電視台晚間新聞的女主播。她一本正經、字正腔圓地面對觀眾唸出以下一段新聞：『母雞下蛋不是新鮮事，法國有一隻公雞下了一個蛋，牠自己也感到相當驚訝和難為情，我們一起去看看——』不過，她最大的夢想還是拍電影。

這一天，她的夢想實現了。一九九五年九月中旬這個天氣明媚的日子，真莉成了大學的新鮮人。她考上第一志願——電影系。她下了巴士，從車站一路走來。這會兒，她揹著米黃色的帆布背包，仰頭望著面前那幢電影系大樓。她終於來了。她覺得自己是屬於這裡的，以後都可以穿自己喜歡的衣服上學，不再是個中學生。

她班上有三十個學生，只有四個是男生，大家臉上都帶著一副初來乍到的怯生生表情。她沒有新朋友，課與課之間都落單。這天放學後，她捨不得走，一個人沒事就在大樓裡亂逛。來到二樓走廊的時候，她無意中聽到左邊一個房間傳來一陣斷斷續續的嘶嘶聲。她走近些看，那聲音好像是哭聲。

『會不會是拍戲？』她心裡想，又走近些看。

那扇門半開著，門縫裡露出些許白色光線。她探頭進去，看到裡面擺了拍電影用的攝影機、聚光燈和一卷卷的粗電線，塞得滿滿的，連一扇窗子也沒有。她看到陸子康。那是他們頭一次相遇。他坐在房間中央地上一個用來放攝影機鏡頭的長方形銀色鋁箱上面，雙手擱在膝上，眼睛濕濕的，紅咚咚的鼻子嘶嘶地吸著大氣，一邊鼻孔還掛著一串鼻水，那模樣好像很傷心。

『噢……他躲在這裡哭，我當看不見好了。』真莉想道，悄悄把頭縮回去。

『啊……』陸子康突然抬起頭，他怔怔地看了她一眼，用濃重的鼻音問她：『妳有紙巾嗎？』

真莉連忙從背包裡掏出一包紙巾，走上去，跨過地上的一卷電線，把紙巾塞到他手裡，瞥了他一眼，問他說：

『你沒事吧？』

『只是……鼻敏感。』他抖開一張紙巾擤擤鼻子，大口喘著氣說。

她偷瞄他，沒法判斷他是不是假裝沒哭。她知道男生都不愛承認自己也是會哭的。但是，她闖進來是她不對，為了表示她相信他是鼻敏感，她告訴他，她有青椒敏感症。

『那比鼻敏感更糟，要是有人在我的食物裡偷偷放些青椒，我會全身長疹子。』

『有人會對青椒敏感的嗎？』他揉揉鼻子，好奇地問。

『四歲那年，我吃了一片有青椒的雞肉三明治，沒多久就全身長滿疹子，臉也腫了，後來才知道是對青椒敏感。』

『我只聽說過有人對花生和香蕉敏感。』

『這個還好，有些人對好多東西都敏感，差不多啥也不能碰。我在報紙上看過一段新聞，說美國喬治亞州有個男人對任何布料都敏感，由裡到外只能穿紙造的衫褲。要是哪天下雨，他就沒法去上班了。』她咧嘴笑笑說。

突然之間，陸子康用手使勁拍了一下坐著的銀箱子，陡地站起來，喊了一聲：

『啊呀！有了！我要拍一個青椒女孩的故事！她偏偏愛上一個對大部分東西都敏感的男孩子，夠荒誕的！』

真莉盯著陸子康，心裡想：『青椒女孩？他到底要拍甚麼片？也許他剛才真的不是躲在這裡哭啊。』

『妳是新生嗎？』他衝她笑笑。

『嗯。』她咧咧嘴笑，問他：『你是不是陸子康？』

『妳怎麼會知道？』他怔了一下。有一會兒，他還以為那是由於自己很出名，畢竟，他已經三年級了，自問十分有才氣，作品參加過校外的一個獨立短片展，還拿了個優異獎。他也知道自己長得挺不錯，有一米七九高。男生只要長得高，就是不一樣，也許系裡的女生私底下都經常談論他。

『哦……我剛剛在樓下通告欄看到一張通緝你的海報。』她看看他，撇撇嘴說。

『通緝我？』他呆了一下，很快就想到是怎麼一回事，一溜煙地跑了出去。

真莉聽到陸子康奔下樓梯的聲音，她看了一眼這個房間，興致勃勃地瞧瞧這部攝影機，又摸摸另一部。

這時，陸子康手裡拿著那張皺巴巴的海報跑回來，神情有點尷尬地向她解釋：

『二年級的人在樓下拍戲，拿了我的照片當做通緝犯。電影系的人就是這麼下流，妳以後千萬別把妳的照片到處亂放。他們甚麼都做得出來。』

她憋住笑，心裡想：

『念電影真好玩啊！但他壓根兒不像通緝犯哪！』

那天之後又過了兩星期，真莉已經很熟悉這幢大樓了。這天午後，她坐在五樓學生休息室裡埋頭埋腦做功課。這個亂七八糟的房間代表的是浪蕩和自由，靠牆的一列木架上堆滿零食和雜物，角落裡擺著書桌和電腦，電影系的學生都愛窩在這裡；已經畢業的，也像回娘家似的，常常回來。休息室一角放著一張磨得已經有點發白的紅色布沙發，大家都愛癱在上面打盹。這天，真莉進來的時候，就已經有個大塊頭臉埋椅背蜷縮著身體在那兒睡覺。那個男生的頭髮亂蓬蓬的，穿一件十號紅色曼聯❶球衣和一條短褲，光著腳，露出多毛的一雙腿，時不時打鼾，大家卻都好像見怪不怪似的。

真莉想：『瞧他那副睡相，好像八輩子沒睡過。他說不定還淌著口水呢。』

『嗨，原來妳在這裡，我到處找妳。』有個聲音突然在她旁邊說。

她抬起頭，看到陸子康。他咧著嘴衝她笑，那樣子好像是有求於她。

『找我有事麼？』她怔了怔。

『我想找妳演我那齣短片，就是我那天跟妳提過的那個青椒女孩的故事，劇本我寫好了。』

『我？我沒演過戲啊！』她皺了皺眉。

『演妳自己就好了。我覺得妳很適合。』他說著從黑色背包裡掏出一張光碟來，塞給她，說：『妳回去讀讀劇本。』

她沒拒絕，電影系的學生互相幫忙對方拍片，是一種義務，他們都沒錢找真正的演員。她不拒絕，也是有點虛榮心作祟，還從來沒有人找她拍過戲呢。

『甚麼時候要拍？』她緊張地問。

『我會通知妳。』

『哦……誰會飾演那個對大部分東西都敏感的男主角？』

『大飛！』子康朝沙發那邊大喊了一聲。

真莉轉頭望過去，心裡不禁嚷了起來：

『天哪！不是他吧？』

沙發上那個十號球衣沒有醒過來，陸子康索性走過去推醒他，問他說：

『喂！你甚麼時候來的？』

十號球衣終於掙扎著縮起雙腳醒來，邊打哈欠邊伸了個大懶腰。他留到脖子的長髮蓋著腦袋，鬍子沒刮乾淨，頸上還有幾處舊的刮鬍鬚的傷口。他揉了揉睏倦的雙眼，坐直身子，把自己的一雙球鞋從沙發底下踢出來，說：『昨天在附近開工，今天早上才收工，懶得回家。』

大飛畢業五年了，已經當上副導演，時不時回來這裡指點一下師弟們。他有點不修邊幅，但人很好，大家都喜歡他，愛聽他說說電影圈的事，譬如哪個導演脾氣最大、哪個導演最愛折磨人、哪個導演最了不起。大飛有種能耐，就是到哪裡都能睡，再惡劣

❶英國足球超勁旅曼徹斯特聯隊。

的環境也難不倒他。可他對錢財又很浪漫，哪天有錢就會請大家吃飯，或是偷偷買幾瓶紅酒回來大家一起喝。

學弟之中，大飛最欣賞陸子康，跟他也最投契，把他當成弟弟似的。他認定陸子康大有潛質，他那齣拿了優異獎的短片就拍得不錯，當然，他還需要時間磨練一下，機會將來多得是。

『那個青椒女孩的劇本我看過了，不錯。』大飛一邊穿鞋一邊跟陸子康說。

陸子康聽了這話，嘴角輕顫著一絲驕傲，他急忙轉過頭來看了看真莉，像個想領賞的孩子。

真莉禮貌地衝陸子康笑笑，心裡卻想：『噢！男主角真的是他！我可以辭演嗎？』

『男主角找到沒有？』大飛揉揉一張臉說。

『還在找。』子康說。

『太好了！我就知道不會是他。』真莉心裡嚷著。

『女主角呢？』

『就是她。』陸子康帶著得意的神色指著真莉，想讓大飛看看他找到的女主角多漂亮。

大飛望向真莉，目光裡滿是讚歎，不禁咧嘴朝她微笑。

子康的短片在十一月中開始拍攝，那時已經踏入秋天，白天都有暖暖的大太陽，夕陽下山後秋涼如水，是一年中最好的季節。真莉剛剛還只是大學新鮮人，卻又胡裡胡塗當上女主角了。她很認真，接到劇本之後便回家猛啃，把對白背得滾瓜爛熟。每次讀劇本，她都不由得對陸子康生出多一些好感。

『他這段寫得真好喔！』她心裡讚賞道。

『怪不得他是系裡的高材生！』她愈想愈仰慕。

十九歲的她，從沒談過戀愛。她以前念的是女校，身邊那些女同學開始談戀愛的時候，她並沒有很羨慕，她打心眼裡看不起她們那些男朋友。她才不會為戀愛而戀愛。幹嘛要接受一個七十分的男生呢？她要一直等那個一百分的人出現。

她知道，只要她肯等，那個人一定出現。她這個人是夢打造出來的，不是像肥皂泡沫的那種夢，而是像電影一樣的夢。她爸爸是個影痴，真莉小時候常常跟著爸爸去看電影，要不就是窩在家裡看租回來的舊片，兩父女排排坐在沙發上看到半夜三更。她不奢求一段像『齊瓦哥醫生』或『亂世佳人』那樣轟轟烈烈的戀愛，要是有的話當然很好，可她自知並不是活在一個大時代裡，而今也不是生死相許的戰亂時期。

她想要的是一個小小生命裡的大轟烈。她嚮往愛情、嚮往思念的甜蜜，也嚮往肝腸寸斷。她想要個心上人，那個人的愛會比她的生命悠長，她到死也記得他。在愛情的世界裡，真莉是挑剔的、也是虛榮的，只看得起那些很棒的男生。跟陸子康相遇的那天，她只覺得他好可憐、好沮喪，她還沒見過一個人的鼻敏感這麼厲害，她壓根兒沒想過和他有甚麼可能，他並不是她那一型。而後，她讀了他寫的那個『青椒女孩』的劇本，她著迷了，原來他這麼有才華啊！拍戲時，他在現場指揮若定，鏡頭運用得那麼好，還耐心教她演戲。她感覺他有些不一樣了。

那麼，他呢？他有女朋友嗎？她沒見過他在學校裡跟其他女孩子一起，拍戲時，她也從沒見過他走到一邊放軟聲音講電話。他是跟她一樣沒談過戀愛吧？還是他剛剛跟某個人分手？真莉在班上跟曼茱最談得來，曼茱是個包打聽，在學生事務處兼職。

『沒人見過他曾經在學校跟甚麼女孩子來往。他中學有沒有女朋友便不知道了，他那間是男女校，那兒的女生是出了名的。』曼茱說。

『出了名甚麼？』

『出了名難看呀！』曼茱說。

真莉大大鬆了一口氣。知道了子康十有八九沒有女朋友，她高興得彷彿剛剛中了一張二獎彩券。為甚麼不是頭獎而是二獎？因為她對頭獎是很嚴格的。

雖然沒談過戀愛，但她的女性直覺告訴她，陸子康對她是有點與別不同的。首先，他找她在他的短片裡演出，這是他的畢業作，不容有失啊。他即使不是為了接近她，至少也是對她有好感吧？還有，那一次的事真是太明顯了。

事情是這樣的：她好喜歡他寫的那個劇本，只有一場戲她一直覺得有點不舒服。那場戲要她和男主角在浪漫的夜色下緊緊相擁，他在她嘴唇上親一下。雖然還沒拍到那場戲，但是，真莉只要想到要親嘴，都覺得寒毛倒豎。飾演男主角的是學校劇社的成員，那個男生很會演戲，也不討厭，只是真莉還從來沒跟男孩子親過嘴，而且還要讓他摟得緊緊的呢，他的胸膛更會貼住她的胸膛。她自問不算保守，但她暫時還不打算為藝術犧牲。她聽說早幾年學校有個女生替電影系某個男生的畢業短片演出，竟然願意背部全裸出鏡，轟動了一陣子，真莉可沒這種勇氣。

她想過跟陸子康說出自己的意見，問他會不會考慮改一下這場戲，但是，她怕他會覺得她這個人有點彆扭，說到底，他們是念電影的，眼光應該和世俗的人不一樣。她也害怕，陸子康根本就打算到時候用鏡頭遷就，男主角不會真的親她。那麼，她提出來就會讓他笑話。因此，她始終沒對他說出自己的想法。

等到要拍那場戲的那天晚上，她已經打算豁出去了。那時候快到聖誕，她對陸子康的好感與日俱增，甚至願意為他的作品犧牲。沒想到，陸子康竟然臨時刪掉那場戲。

那天，他們在中環天星碼頭準備拍攝，跟男主角擁抱的那場戲排到最後。當她準備就位時，陸子康把她和男主角叫到一邊。

『這場戲我想改一下。』陸子康有點結巴地說。

真莉和男主角留心地聽著。

陸子康飛快地瞥了她一眼，紅著臉說：

『我覺得兩個人還是不擁抱的好……還沒發展到那個階段，好像有點突兀。』

『妳覺得呢？』陸子康沒問男主角，只問她一個人。

『我也覺得……』其實，到了這時候，她已經不太介意拍這場戲了，但是，聽到陸子康這樣說，她心裡有點高興，也有點意外，尤其是他結結巴巴，好像很怕給她識穿的樣子。

『那麼，我還要不要吻她？』男主角以專業劇社演員的口吻問。

『這個……這個……』陸子康嘟著嘴，羞澀的目光投向她，然後清清喉嚨，裝出一副跟她討論的口氣，問她：

『真莉，妳怎麼看？』

『我覺得——』她本來想說，導演覺得怎樣便怎樣，因為她還沒猜到他下一步有甚麼打算。

『我覺得還是親親臉頰好了。』子康搶在她前面說。

『我也覺得。』她連忙附和，親親臉頰畢竟比親嘴好多了。

可陸子康馬上又投給她一瞥，說：

『妳會不會覺得親親額頭會更好一些？』

『我也覺得……』她回答，心裡想道：『親親額頭自然比親親臉頰要好一些。』

然而，陸子康馬上又改變主意，皺著眉問她說：

『還是妳認為親親頭髮更好？』

『我覺得你說得對……』她點點頭，心裡想：『我頭髮這麼厚，給他親一下也沒感覺，是比額頭好。』

『我看他根本不應該親妳，劇情還沒發展到這個地步。妳覺得呢？』陸子康突然又冒出一句。

她淺淺一笑，說：

『唔……就是呀！而且戲裡他可能會對我的頭髮敏感，親我的話說不定會變成豬嘴。』

『對！對！對！他啥都敏感！就索性改成他不敢親妳吧！』

他們已經由親嘴改成親臉頰，再由親臉頰改成親額頭，然後由額頭移到頭髮，最後甚麼也不需要做，完全把身旁那個傻呆呆地站著的男主角忘記了，甚至忘記了他們身旁有任何人。他們眼中只有對方。

真莉想起那天晚上的情景，都會不自覺地摸著自己的心形嘴唇微笑。陸子康不能忍受她跟別人親嘴，即使只是親親頭髮也會使他嫉妒。他不是愛上她又是甚麼？

時間過得飛快，一眨眼已經到了一九九五年聖誕節的前兩天，那齣短片還只拍了三分之一。每次拍完外景，扛著沉甸甸的器材回來，其他人都散了，陸子康依然會留下來重看一遍當天拍的片段。從十二月中旬某天開始，真莉也留了下來一起看這些毛片。那一趟是陸子康要她看看自己演得怎樣，他說她那天演得很好。後來，是她自己要看的。她也要籌備自己的那齣短片了。那畢竟是她第一齣片子，她好想跟陸子康學習。他也給了她那個劇本很多意見，甚至答應替她當攝影師，根本他就是她那齣片子的幕後軍師。

這一天，他們看完了毛片，一起離開電影系大樓。聖誕假期已經開始了，他們走在大學外面那條長長的下坡道時，兩旁那些房子的外牆都綴上了彩色的小燈泡，在夜色裡亮了起來，一路綿延開去。

然而，看完毛片的真莉卻有些沮喪。

『我今天演得很差勁，真想賞自己兩個耳光。』她看了看陸子康，心裡很是抱歉。

『千萬不要，妳演得很好啊。』他連忙說。

『你別安慰我了。』她口氣不太相信。

『我是說真的，妳愈演愈好，妳對自己要求太高啦！根本我覺得每個女孩子都是天生的演員，都會演戲。何況，妳那麼上鏡，很容易拍，妳每個角度都漂亮。人長得漂亮真是沒話說。』他投給她一個羞澀的微笑說。

她面上浮出紅暈，默默地走著，心裡卻翻翻騰騰。

『啊……大飛給了我兩張明天子夜場的戲票，妳明天有空一起去嗎？』他緊張得連話都說得不太清楚。

『好哇。』她沒等他說清楚就答應了。

到了第二天，他們看完了子夜場，陸子康送她回家。那時已經是半夜三點多了，來到她住的那幢公寓外面，他們還滔滔不絕地談論著那齣戲。陸子康捨不得走，真莉也捨不得回家。他們兩個索性在公寓外面的幾級台階上坐了下來，繼續討論那齣戲，那齣戲並沒那麼好看，他們卻談得很仔細。等到那齣戲實在沒甚麼可以再說了，真莉問陸子康最喜歡哪一齣電影。

『「教父」。』他說。

『男生都喜歡「教父」啊！』她兩手擱在身後支在台階上，仰頭看了一眼天上的星星說。

『妳呢？』他問。

『「夏日之戀」。』她說著轉過頭去看他，卻發現他的眼睛這時正定定地望著她，兩個人目光相遇的一會兒，他突然抓住她兩個肩膀，嘴唇落在她嘴唇上。真莉在戲院裡就預感他會吻她，她也一直等著，要是他今天晚上不吻她，她才會覺得失望呢。她兩個眼睛合上，噘起嘴唇迎上去，他把她的肩膀抓得緊緊地，生怕她會逃走似的。

一九九六年來臨的時候，真莉壓根兒沒想過，她的初戀才剛剛萌芽，便接到了一個噩耗。爸爸媽媽兩年前靜悄悄申請移民，沒告訴她。二月中旬，加拿大政府終於批准了他們一家人的申請，爸爸媽媽這時才說出來，而且六個月內就要到多倫多那邊報到了。

那陣子，真莉心裡七上八下翻騰著。她捨不得子康。她不知道怎麼告訴他，她要走了。他們才剛剛開始，將來的事誰說得準呢？也許，即使她不走，他們還是會分開的，可她不願意丟下他。她不相信兩地情會開花結果。她不在他身邊，他終有一天會愛上別人的，那又能怪誰呢？是她要離開的。噢，爸爸媽媽為甚麼要去那個鬼地方呢？她只要想起多倫多冰天雪地的寒冬就覺得沒法忍受。爸爸媽媽竟然還慶幸能夠趕在一九九七年之前走。他們家的親戚和朋友，能走的都走了。大家今天忙著跟這個人餞行，明天又忙著送別另外幾個人。媽媽一天到頭忙著為移民的事情準備，更決定提早兩個月出發去那邊找房子。媽媽忙得簡直有些亢奮，根本就沒問過她願不願意走。

日子彷彿一天一天地倒數著。自從她告訴子康她要移民的那天起，他們每次見面都好像是最後一次見面。他們都試著把事情想得沒那麼糟，她每年都會回來，他也可以去看她。多倫多跟香港不過十幾小時的飛機，要是他們連這種考驗都熬不過來，他們的愛情又算甚麼？

然而，當離別的號角遙遙吹響，真莉越發捨不得子康，她打死也不願意走。到了五月初的一天，她告訴爸爸媽媽，她要留下來。她想先把大學念完才走。

說出這番話的時候，她沒有感到不捨，反而覺著一股沸沸騰騰的興奮之情在心裡燃燒著。她不是一直嚮往小小生命裡的大轟烈嗎？這個時代成就了她。她才不管一九九七年後香港會變成甚麼樣子，她不要跟心愛的人遠隔重洋。

她留下來了。六月中旬的一天，真莉在啟德機場送別爸爸和媽媽，子康陪在她身邊，儼然是她的守護神。這是他們一家人第一次分開，當離別的時刻降臨，她扭過頭去，只敢用眼角的餘光望著爸爸和媽媽，她害怕自己會禁不住哭出來。

等到爸爸媽媽轉過身去走進機場檢查站，兩個人的背影漸漸在她眼前消失，她再也忍不住了，大口大口喘著氣哭出聲來。

這時，子康摟住她，溫柔地說：

『我會照顧妳。』

子康這句話就像在真莉眼前投下了一枚催淚彈似的，眼淚順著她的臉頰流到下巴，她咬緊了嘴唇，淚水卻不斷滾出來。爸爸媽媽走了，以後就只有她一個人，要是子康有天不再愛她，她便甚麼也沒有了。

『別這樣……』他的手捲成筒狀湊到她耳邊悄聲說道：『我愛妳。』

真莉看著他，嘴巴幸福地輕顫著，哭聲漸漸變小了。

『我還有一件事情要告訴妳。』子康帶著些許得意說。

『甚麼事？』她瞪大好奇的眼睛看他。

『我接了一部戲。』

『真的？是甚麼時候的事？為甚麼不早點告訴我？哪個導演？是甚麼戲？你會做甚麼？甚麼時候開拍？』真莉高興得抓住他的手臂一口氣地問。

『導演是新人，我還不知道拍甚麼片，今天早上接到大飛的電話時，我還沒睡醒，大飛一開口就說：「喂，我有部戲，你來做場記！明天開會！」』

『那你馬上答應囉？』

『他根本沒給我機會拒絕。』他聳聳肩。

『啊……你一定會答應的！』她衝他笑笑。

『哦……大飛還問妳有沒有興趣來做暑期工。』

『我？好哇！』真莉高興得嚷了起來。

2

這齣電影在一九九六年六月底開拍，故事是根據十年前一部暢銷小說《收到你的信已經太遲》改編的。真莉十三歲時頭一次趴在床上熬夜追看的愛情小說就是這一本，她一邊看一邊哭，第二天醒來的時候，兩隻眼睛都哭腫了。當她知道這麼多年後頭一次拍電影竟然就是拍這本小說，不由得從心裡叫了出來說：

『太好了！起碼我看過原著！』

小說寫的是一個淒美浪漫的人鬼戀故事。電影公司借了市郊一幢六層高的舊樓和舊樓外面的一條長街來拍攝。這兒很快便要拆卸重建，整幢舊樓都丟空了，街上的商戶也都已經搬走。房子是五十年前蓋的，就連鵝黃色外牆上伸出來的兩盞鐵皮綠漆街燈也都是古董，很配合電影裡那種淒美荒涼的味道。

導演挑了一樓對著長街有大窗戶的公寓作為戲裡女主角的家。美術指導花了一個星期把空空的公寓重新佈置成一個家的樣子，工人們搬來了全是白色的家具、電器、吊燈、窗簾和所有一個女孩子家裡該有的東西。

導演接著把公寓外面的長街來個改頭換面，先是在公寓的鐵枝鏤花圍籬上掛上一排排紅的、黃的、綠的燈泡，點綴著夜色下的長街。然後又在長街上豎起一塊『茉莉街』的路牌。

最後，工人們把戲裡的主角——一個圓滾滾的紅郵筒——嵌在茉莉街的拐角。郵筒是模仿真郵筒做的，顏色像大紅花，沉甸甸的，要兩個工人才抬得動。美術指導故意把郵筒表面弄舊，又刮掉上面一些油漆，造出斑剝和久經風霜的效果，使它看上去有些時日了，彷彿一直都在那兒。

這幢舊樓一個月後便要拆卸，男女主角也只能抽出一個月的檔期，因此，電影每天都在趕。真莉有時候一整天都站在烈日下拍外景，她索性戴著一頂遮陽草帽，等到日落才把帽子從頭上摘下來，但她一張臉已經曬得緋紅，一頭黑髮好像也烤焦了。

到了七月底的這一天，暮色四合，電影還有不到十個鐘頭就拍完了，所有的戲都集中在長街上拍攝。暮色裡，真莉坐在那幢舊樓門前的幾級台階上。背後燈火通明，屋裡有點悶熱，街上還涼快些。她摘下了頭上的草帽搧涼，髮梢盪著汗水，脖子上綁了一條用來抹汗的小毛巾。現在是晚飯時間，人們都暫時停下手上的工作，三三兩兩的在一樓公寓裡面或外面找個地方坐下來吃飯。

『真莉，妳要吃甚麼？』子康從一樓的大窗戶探出頭朝她喊。

『要是有叉燒飯，我要叉燒飯！』真莉仰起頭跟子康說。過了一會，子康拿著兩個便當從一樓走下來。他坐到真莉身邊，塞給她一個便當。

真莉把草帽放到腳邊，在膝頭上打開她那個便當的蓋子，她一邊吃一邊問子康說：

『你猜今天晚上會拍得完嗎？』

子康狼吞虎嚥地吃著飯說：

『天一亮這幢舊樓就要拆了，今天晚上無論如何得拍完。快點吃吧。大飛說我們只有半個鐘頭吃飯。』

『哦。』真莉急急往嘴裡塞了幾口飯。

那天晚上，導演拚命追時間趕戲，每個人的神經都繃緊了，做甚麼事都又快又小心，誰都不想成為拖慢進度的那個人。半夜四點鐘，最後一個鏡頭終於在公寓裡完成。工人們連忙走進來把女主角家裡的東西清走，又拆走寫著『茉莉街』的那塊路牌和鐵枝圍籬上一排排的七彩燈泡，裝上兩部大貨車運回去電影公司的倉庫。

大飛帶著真莉和子康待到最後，確定沒有留下任何一件貴重的東西在公寓裡。到了清晨五點半鐘，天已經亮了，真莉和子康才終於鑽上大飛那輛車子離開。人去樓空，那幢公寓又變回當初那個荒涼的模樣。

真莉睏了，擠在後車廂裡，一邊身靠著車門，雙腳縮起來擱在車廂底一顆足球上。大飛的這輛五門車，就像個雜物室似的，他甚麼東西都丟在車裡，衣服、鞋子、毛巾，就連拍戲的道具都有。大飛本來就不修邊幅，一忙起來就更邋遢了，成天都穿著那條鬆垮垮的百慕達短褲，露出一雙毛茸茸的小腿，腳上趿著一雙人字拖鞋，身上那件曼聯紅色十號球衣好像永遠不用脫下來似的。

『戲甚麼時候上映？』坐在前面的子康問大飛，他打了個呵欠，眼皮睏得垂了下來。

『現在還不知道，暑假是趕不及的了，希望能拿到中秋節或聖誕檔期吧。』大飛好像給子康傳染了，也打了個大大的呵欠。

真莉看見他們兩個都打呵欠，也受到傳染跟著打了個呵欠。大飛和子康接著又聊起有哪幾部戲可能會跟他們打對台、哪幾部戲會是他們的對手，到底中秋節檔期比較好還是聖誕檔期好一些。真莉想要搭嘴時，思緒突然又飄到一樁八卦的事情去。她從後座冒出來，問大飛：

『我聽說五年前我們系三年級一個學生拍的一部短片裡，那個女主角背部全裸上鏡，是不是有這樣的事？你那時也是三年級吧？到底是誰拍的？』

『就是我。』大飛咧開嘴笑著說。

『啊？是你！』真莉和子康都沒想到竟然就是大飛。

『那個女主角是誰？』子康出於男生的好奇追問，他睏倦的眼睛這時也睜大了，不免聯想到那個光光的背脊。

『到底是甚麼人嘛？她為甚麼願意啊？』真莉的好奇卻是出於女生的好奇，她想著還在讀書的女生為甚麼有這麼大的膽子，那會是個生活很放蕩的女生嗎？

大飛的神色這時有點靦腆，只是咧咧嘴沒回答。

『是誰嘛？她漂亮嗎？你到底用甚麼方法說服她的？』真莉幾乎要爬到前座去了。

『我沒說服她，她看過那個劇本，覺得很喜歡，自己提出的。就是嫣兒。』

『喔？是嫣兒，你們是同學嗎？』真莉偷瞄了大飛一眼，心裡想，要是她早知道郭嫣兒跟大飛是同學，她該猜到那個背脊就是她。嫣兒是大飛的女朋友，也是做副導演的，來探過幾次班。

『不同系，她念英國文學的。』大飛說。

真莉悶悶地靠回座位上。她喜歡大飛，可是，她不喜歡郭嫣兒。她長得並不漂亮，不過她胸部很大，又不愛戴胸罩。每次她來探班時，那些男生都會不自覺把目光投向她。最讓真莉討厭的，是郭嫣兒只跟男孩子搭訕，對女孩子很冷淡。

那天，大飛介紹她們認識，郭嫣兒也只是點點頭，敷衍地擠出一個笑容，一句話也沒說，眼裡充滿了妒意似的。現在，她知道郭嫣兒就是那個讀書時代已經大膽背部全裸拍片的女生，她又不免更覺得這個人也許有點隨便。

子康還要同她一起飛去巴黎拍戲呢！那是上個星期的事。郭嫣兒那部新戲需要一個場記，大飛向她推薦了子康。那是一部大片，約莫在十月開拍，還會到巴黎拍外景。真莉簡直有些妒忌，她學了三年法文，還沒去過法國啊。

車子快到家了，大飛和子康都再也沒說話，大家累垮了，真莉只想快點倒在家裡那張舒服的床上睡覺。她想起剛剛爬上大飛的車子，離開那條長街時，好像有些甚麼東西忘記了；到底是甚麼，她卻怎樣也記不起來了。

九月初的一天，大學開學了。真莉上完早上的第一節課，來到五樓學生休息室，坐在一張桌子上搖晃著兩條腿，吃她上課前買的一份火腿乳酪三明治。她的頭髮長了許多，已經蓋著脖子。電影拍完了三個禮拜，不用再在烈日下跑來跑去，她的皮膚也漸漸變回原本的粉白色。她身上套著一件新買的黃色汗衫和一條綠色的吊腳褲，腳上穿的是這個夏天都穿的一雙咖啡色露趾平底涼鞋。剛才在走廊裡，她碰到幾張好奇又有點懵懂的臉孔，她猜那幾個是新生。她心裡想道：

『我去年大概也是這個樣子！』

不過一年光景，真莉覺得自己改變了許多。她有男朋友了。她也拍過一齣真正的電影了。她看了一眼這個亂七八糟的房間，時間還早，等到下午，這裡會擠滿人，有的小聲聊天、有的做功課、有的吃東西、有的蹺課躲進來做自己的事。真莉愈來愈喜歡這裡。子康雖然畢業了，但他以後還是會回來，電影系的學生就是畢業了也不願走，大飛就有一個紙箱的雜物依然擱在角落裡，那已經是畢業前留下來的了。那個紙箱上放著一個他拍戲時用過的道具骷髏頭骨，兩隻眼睛的地方像兩個大窟窿。過了一個暑假，不知道哪個惡作劇給它戴了一頂綠色的牛仔帽，看上去挺滑稽的。

真莉吃完最後一口三明治，從桌子上跳下來，走過去拿起那頂綠色的帽子，反過來看看。她的手機突然響起，她從背包裡摸出手機，是子康打來的。他這陣子都跟著大飛做那部戲的後期工作。

『妳記不記得我們那天有沒有把郵筒搬走？道具部那邊發現少了個郵筒。』子康問她。

『郵筒？』真莉努力回想那天的情形。差不多天亮的時候，導演終於拍完最後一個鏡頭，工人們匆匆把公寓裡裡外外和長街上的東西都裝上兩部大貨車。真莉站在街上看著大貨車開走，可不記得那個郵筒在不在車上。當時大家都太累了，並沒有到長街上再檢查。

一眨眼，真莉已經坐在大飛那輛髒兮兮的五門車裡了，這回開車的是子康，車子正在往那條長街的路上。

『噢，你別開那麼快！大飛為甚麼不來？』

『他昨天通宵剪片啊。』

『希望郵筒還在那兒吧！要是它不在那兒，天曉得它會在甚麼地方？』真莉說。

車子在一條大路拐了個彎，經過一排住宅區。真莉聽到『砰！砰！砰！』的聲音此起彼落，聲音愈來愈接近。

『喔，到了！』真莉指了指窗外。他們三個星期前還在裡面拍戲的那幢舊樓而今用木板圍了起來，只留下一個出口。一群工人已經把舊樓裡頭的建築差不多拆了個空，不時傳來磚泥牆壁倒塌的聲音，揚起了漫天灰撲撲的沙塵。

『他們拆得真快。』真莉說。

車子在工地外面經過，真莉和子康都禁不住伸長脖子看向長街拐角那兒。

『噢！它在那兒！謝天謝地！』真莉高興地嚷了出來。她看到那個郵筒孤零零地豎立在那兒，模樣看上去怪可憐的。原來，那天晚上，大家真的把它忘了。

天花板挑高，呈長方形的大倉庫兩邊擺滿了大件的道具，窗子都給遮住了，只有很少的陽光可以進來，所以倉庫裡有點昏暗。真莉和子康在中間的走道上用一輛木頭車推著那個他們從長街上找回來的郵筒，眼睛四處張望。每部電影拍完之後，用過的道具都會集中起來放在一塊兒，用粉筆寫著那部電影的名字。他們細心在找哪件道具上面寫著『收到你的信已經太遲』。

『你聽到嗎？』真莉問子康。她彷彿聽到郵筒裡傳來窸窸窣窣的聲音。

『聽到甚麼？』

『裡面好像有些東西。』真莉瞄瞄那個郵筒說。

『我沒聽到。』

真莉以為自己聽錯了。然而，當他們再往前走，她又再一次聽到窸窸窣窣的聲音從郵筒裡傳來，這一次她非常肯定。

『我真的聽到聲音。你有郵筒的鑰匙嗎？』真莉停了下來。她走到前面，彎下腰瞇起一隻眼睛從郵筒的寄信口看進去，看到的只有黑濛濛一片。

『我怎麼會有？』他叉開雙腳搖搖頭。

『不是有把鑰匙的嗎？戲裡那個郵差要用鑰匙打開這個郵筒的。』

『不記得了！不知道在哪兒。』

『大飛的車上不是有個工具箱嗎？』

『妳想幹甚麼？』

『撬開來看看啊！』真莉說。

『這麼辛苦搬回來，妳不是要把它撬壞吧？』

『我不是要把它撬壞，我只是要把鎖撬開來。快去吧！』真莉抬起頭來衝子康調皮地眨了一下眼，哄他去拿工具箱。

子康無奈只好轉身走出去，邊走邊咕噥：

『說不定裡面有許多蟑螂，待會全都爬出來！到時候妳可別跳到我身上，我也怕蟑螂的！』

『我才不怕！』真莉口裡說，卻往後退了幾步。

現在，她站到安全的距離，扠著腰望著躺在木頭車上的那個郵筒，眼睛不時瞄瞄倉庫的門口。她終於看到子康提著工具箱回來了。瞧他走路那個慢條斯理的樣子，就知道他心裡不情願。真莉看著覺得好笑。

子康在郵筒旁邊蹲下來，真莉也跟著蹲在他身邊。子康打開工具箱，抓起一把螺絲起子，突然轉頭跟她說：

『我忘記問妳，妳怕不怕鬼？』

『幹嗎問這個？』真莉覺得奇怪。

子康歪嘴笑笑，陰森森地說：

『別怪我沒提醒妳，我們拍的這部可是鬼片，說不定引來了一個真的鬼魂，就跟戲裡那個男鬼一樣會寄信！現在這個郵筒裡塞滿了他寫的信！』

『噢！你敢再說下去！』真莉嘴巴顫抖著說。

子康咯咯地笑了，然後得意地試著撬開郵筒上的鎖。他一邊撬一邊說。

『要是撬不開就算了！撬得開才可怕呢！』

『求你別說！』真莉抓住子康的手臂說。

『妳別抓住我！』子康自己也沒想到這麼順利，他才撬了兩下，就聽到『喀』的一聲。他一隻手抓住那個寄信口，借力一拉，把郵筒的門拉了開來。

『天哪，真的有信！』真莉驚訝地喊。郵筒裡至少有幾十封信。她撿起最上面的幾封信，都貼上了郵票，一封是繳電費的，另一封是繳電話費的，哪裡會是一個鬼魂寫的？她不害怕了，得意洋洋地說：『我都說聽到聲音的啦！』她撿起了其餘的信，郵筒裡有幾片枯乾了的葉子，她隨手撥開去了。

『竟然有些傻瓜以為這是個真郵筒，那兒本來就沒有郵筒。』子康說。

『見到郵筒時不會有人懷疑的呀！』真莉掃走信上的塵埃，站起來說，『他們竟然都沒發現這個假郵筒有個很大的破綻……』

『甚麼破綻？』

『你看看！』真莉指給子康看：『這個郵筒並沒有寫上每天收信的時間，因為鏡頭拍不到，但是，真郵筒會有的啊！』她拿著那疊信逐個信封看。她的心思給其中幾封信吸引住，總共是四封，信封全是一樣，銀灰色長方形，外面再裹上一層半透明的紙，一摸上手就知道是高價品。信封左下角印著一朵微微凸起來的紫紅色的玫瑰花，真莉還從來沒見過這麼漂亮的信封。這四封信全是寄去同一個地址給一個名叫『林泰一』的人，信封上的字體小而娟秀，看來是女孩子的字。

『這幾封好像是情信！』真莉說著把其中一封舉到頭上，仰臉就著倉庫裡昏黃的燈光瞇著眼睛看，只看到裡面藏著一張薄薄的信紙。

『不如拆開來看看。』子康帶著幾分想要找個同謀的口氣說。

『噢，不行！這樣太缺德了！』真莉把那四封信跟其餘的信全都塞進背包裡。

他們離開倉庫，回到車上時，真莉跟子康說：

『待會見到郵局或是郵筒的話停一停車。我順便把這些信寄出去。那麼，所有這些人都不會知道自己的信曾經投進一個假郵筒裡。』

車子從郊外的倉庫開往市區，真莉和子康說著話，眼睛不時瞄瞄沿途有沒有郵筒，說也奇怪，那段回去的路上有山、有海、有小村落，他們甚至看到相反方向有一輛郵車，卻沒有見到一個郵筒或是一間郵局。那疊信始終寄不出去。

『我明天拿去寄好了。』真莉心裡想道。

真莉從電影公司的倉庫回到學校時，離上課時間只剩下不到五分鐘，她快步跑到電影系大樓外面的一排儲物櫃那兒，打開她一向和子康共用的那個儲物櫃的密碼鎖，想要拿她的筆記本。當她拉開櫃門時，突然掉下幾張唱片和幾本書，險些砸中她的頭。她狼狽地把唱片和書撿起來。櫃裡塞滿了她和子康兩個人的東西，她整個暑假都忙著拍戲，根本沒時間清理儲物櫃。她找到了筆記本和待會要用的厚厚的一疊資料塞進背包裡，順手把那疊信拿出來，跟剛剛掉下來的唱片和書硬塞回櫃裡去。她使勁把櫃裡的東西往裡塞，免得她下一次打開櫃門時又有東西掉下來。接著，她重新鎖上那個儲物櫃，匆匆跑去課室上課。

那天之後，真莉一直忙這忙那，竟然把那疊信忘掉了。而且，她那天把信塞到最裡面去，以後每次打開儲物櫃，她都沒再看到過那些信，便也記不起來了。

到了十一月，她的心思給另一件事情佔據著，就更把那些信忘得一乾二淨了。十一月中旬，子康要跟隨大隊到巴黎拍外景，一去就是一個月。打從那齣電影在十月開拍以來，天天也在趕拍香港這邊的戲，子康沒日沒夜地忙著，真莉有時候一個禮拜也見不到他一次。他們只能夠儘量每天通電話，真莉有時會告訴他學校裡發生的瑣瑣碎碎的事，但是，子康現在對這些事情不像以前那麼感興趣了。他現在身處的那個世界複雜許多。跟暑假時拍的那齣文藝片不一樣，他現在拍的這一部是大製作，用大導演、大明星、還有堂皇的布景。『導演在片場就是神！』子康告訴真莉。他告訴她，他將來要當導演、拍自己的故事。有一次，他跟真莉說：『大飛是永遠沒機會做導演的，他做副導演做得太好了，所有導演都想要這種副導演來幫自己。那麼誰會肯提拔他做導演呢？只有他自己不知道這個事實啊！哈哈！』

真莉覺得子康變了，他變得有點憤世嫉俗、有點狂妄自大，也有點迷失。幾個月前，他們生活中的一切還是多麼的單純！現在她意識到，她和子康的生活起了變化，他就像一個本來放在她膝頭上的毛線球，掉到腳邊去了，愈滾愈遠，她手指裡勾住的僅僅是一條毛線。但是，她心裡樂觀地想：『出來工作就是不一樣。等到我也出來工作，我就會理解！』

十一月中旬的那天，子康要出發去巴黎了。前一天，他叫她不要來送機。『到時候人很多。』他說。『那我就不來了。』真莉假裝答應。其實，她約好了大飛一起去送機，想給子康一個驚喜。

當真莉在啟德機場的大堂出現時，子康果然吃了一驚。

『不是叫了妳不要來的嗎？』他噘著嘴說。

『給你一個驚喜嘛！反正大飛也來，他順路接我過來。』真莉眼睛越過子康看到大飛和郭嫣兒站在一旁說悄悄話。真莉剛剛來到機場時跟她點頭打了個招呼，郭嫣兒似笑非笑地朝她點頭，她對女孩子的態度一向是那麼冷淡的，真莉也懶得搭理她。

這會兒，送機大堂裡鬧哄哄的，電影公司派出了一支幾十人的外景隊，戲裡幾個主角的大批影迷來送機，還有大批記者，真莉背後的鎂光燈閃個不停。

『啊……你回來的時候，幫我買巧克力好嗎？我以前的法文老師每年回法國南部省親時都帶一種「橄欖牌」巧克力回來送我們，那些巧克力像一顆顆青橄欖，上面有白色的大理石紋，咬開來有果仁，很好吃，很久沒吃過了。她說這種巧克力只有巴黎機場的免稅店賣。』真莉拉著子康的衣袖說。

『嗯。』子康應了一聲，匆匆說：『我要進去了。』

她好想摟住他，跟他親嘴，但身邊太多人了，她稍微猶豫了一下，子康已經轉過身走了。

一個月的時間一天一天過去。這一天，真莉在課室裡，手支著頭，悶悶地想著子康這一刻在巴黎做些甚麼。她想寫電郵給他，可惜他根本沒帶電腦去。他們一個星期才通一次長途電話，電話費太貴了，她只能急急忙忙跟他說幾句話。上一次通電話時，她本來想好要說的話結果卻忘了說，他卻匆匆掛了線。她覺得子康不像她那麼想念他。電話費雖然貴了點，但他還是可以多打幾次電話回來啊！他也用不著每次都匆匆掛上電話。她感到他變了，沒以前那麼在乎她了。

十二月中旬，第一屆香港特別行政區行政長官選出來了，還有不到七個月，香港便會回歸中國。北京天安門廣場早在兩年前已經豎起了一座巨型的電子跳字牌，倒數著回歸的日子。但是，真莉不關心這些。她心裡另外有一個倒數的鐘，每天滴滴答答數著子康歸來的日子。今天下午，他要從巴黎回來了。

真莉昨天就開始盼望著。早上起來，她塗上一個海底泥深層清潔面膜，輕快地在屋子裡來回走動，忙著選衣服、挑鞋子，希望子康覺得她今天很漂亮。她又扯著嗓子唱歌，直到她覺得臉膜變得愈來愈緊，她要是再張大嘴巴唱歌，臉膜就會裂開，她才噘著嘴靠在床上。但她沒法平靜下來。她好想念子康，她有好多話要跟他說。只要見到他，這個月來所有的陰霾都會一掃而空。

可惡的是，她今天沒法去接機。她從早上到下午要幫曼茱出外景拍短片。上次她拍短片時，曼茱幫了她幾個禮拜，她不能那麼差勁丟下曼茱，曼茱也找不到別人幫忙。曼茱為甚麼偏偏要選今天？真是的！

下午五點鐘，真莉還在天星碼頭拍片。她肩上扛著一部重甸甸的攝影機，不時望向鐘樓上那個大鐘，子康坐的那班機應該已經到了，但他為甚麼不打電話給她？會不會是飛機誤點了？真莉祈禱著曼茱快點拍完。曼茱拍戲總是慢吞吞的，她已經拍了一整天，還只是拍了幾個鏡頭，真莉心裡忖道：

『曼茱將來最適合就是拍動物或是昆蟲紀錄片了，她可以拍一部「蝸牛的一生」！』

幸好，冬天的天色黑得早，六點鐘，太陽已經下山了，曼茱不情願地宣布今天到此為止。真莉跟曼茱一起抬著機器坐上計程車回去學校時，摸了摸臉頰。她在街上站了一整天，唉，早上做的那個海底泥面膜看來是白白浪費掉了。她又檢查了一遍她的手機，手機根本沒響過。

『妳今天有事嗎？』曼茱好奇地問她。

『啊……子康今天回來。』真莉說。

『是嗎？他那部戲拍成怎樣？好不好玩？我在報紙上看到照片，巴黎好漂亮呢！他們在羅浮宮外面拍啊！聽說男女主角好像戀愛呢！是不是真的？子康有沒有告訴妳？』曼茱一逕發揮她包打聽的本色。

『其實……我知道的很少。』真莉尷尬地咬咬嘴唇。

晚上將近十二點鐘，真莉窩在她那張亂糟糟的單人床上。以前媽媽在家裡，會嘮叨她不收拾床鋪，媽媽去了多倫多，沒人管她，她便甚麼都丟到床上──書、雜誌、筆記、功課、睡衣、襪子、內衣褲，有時更在床上吃東西。直到自己都覺得忍無可忍，才會把東西收拾一下。這會兒，她從學校回來已經很久了，心裡七上八下的。子康為甚麼還沒回來？她神經質地檢查過家裡的電話幾遍，拿起話筒聽聽又放下，確定它沒有放歪了。她只差沒有把電話拆開來檢查。要是子康到了香港，一定會找她的。突然之間，她坐直了身子，想起甚麼似的。她為甚麼不問問大飛呢？要是郭嫣兒剛剛回來了，子康也應該跟她坐一班機回來的！對！她為甚麼沒想起大飛呢？

她馬上撥了一通電話給大飛。

『大飛，我是真莉，嫣兒回來了沒有？』

『飛機誤點了。』

噢，她就知道是飛機誤點了，不然子康不會失了蹤。

『本來三點鐘到香港的，結果七點鐘才到。』大飛接著說。

那麼說，子康已經回來了？真莉拿著話筒的手僵住了，她的耳朵彷彿嗡嗡地響起一些聲音，她甚麼都聽不進去了，只覺得難以理解。子康難道不知道她在等他電話嗎？

『真莉，有甚麼事嗎？』大飛在電話那一頭問。

『喔，沒事了。』子康回來了，而她竟然不知道，還要問大飛，這讓她多麼尷尬？但她突然又想，子康說不定跟幾個一起回來的同事先去吃頓飯填肚子，所以現在還沒回到家裡。

『我現在就打給他！』她想到就做。

電話接通了，她聽到子康鼻音很重的一聲：『喂？』

『你回來啦？為甚麼不找我？』她氣上心頭。

『太累了！回到家裡一躺下來就睡著了！』子康半睡半醒的聲音說。

她擔心了他一整天，他竟然睡著也不打電話給她。她早上所有的好心情都一掃而空了。

『我還以為發生甚麼事呢！』她按捺住心中的惱火，轉念又想：『啊……他真的很累！坐了十幾小時的飛機呢！飛機又誤點！』

彼此沉默了片刻之後，子康說：

『我幫妳買了巧克力。』

聽到他這麼說，她的氣一下子消了，溫柔地問他：

『難找嗎？』

『在機場免稅店就找到。』子康的聲音還是很疲憊。

『你很累吧？』

『明天一早還要開工。』

『剛回來就要開工？』

『香港的戲還沒拍完。』

真莉不禁有點失望，她還以為明天會見到他。她本來有好多話要跟他說，可是，她現在提不起勁說了。

『你睡吧！』她幽幽地掛上電話，沒精打采地坐在床上。

過了一會，她開了音響聽唱片，腦子卻空蕩蕩的。她不知道自己就這樣坐了多久。她起來上洗手間，回來時看了一眼床頭那個跳字鐘，原來已經三點四十分了。她想起她今天一整天都不停看鐘。她有氣無力地趴在床上，不小心壓到音響的遙控器，彷彿變魔術似的，正在播的一首歌戛然停了下來，跳到了一個電台。

『選你最喜歡的一部電影……』一把帶點嘶啞和沉渾的男聲說。真莉從沒聽過這把聲音，她記得上星期這個時段還是個女孩子當主持的。

『「夏日之戀」？』真莉心裡默默唸著自己的答案。接著那個問題之後播的一首歌竟然就是〈兩個男孩和一個女孩〉，『夏日之戀』描寫的正好也是兩個男孩和一個女孩的一段三角戀。真莉微微一笑，把那個遙控器從肚子下面摸出來擱在床邊。

那首歌播完了，男主持人接著又說：

『現在選一種你最害怕的食物。』

『好像沒有一首歌剛好叫青椒吧？』真莉思忖。主持人播的下一首歌偏偏是〈你拿走了我的呼吸〉。

真莉咯咯地笑了起來，青椒真的會拿走她的呼吸啊！她一邊聽一邊微笑，彷彿沒那麼喪氣了。

『選一個你現在最想去的地方。』那首歌播完之後，主持人又說。

『我現在哪裡都不想去！』真莉心裡想道。她就是沒想到他播的會是那首〈戀人的懷抱〉。傷感的旋律和歌詞撫慰了她。真莉蜷縮在被窩裡，耳朵聽著那首傾訴戀人的懷抱已經遠去的情歌。

這個主持人到底是誰？為甚麼他選的歌都好像是為她而選似的？插播廣告的時候，她終於知道這個節目叫『聖誕夜無眠』，主持人的名字叫『一休』。真莉咧嘴笑了笑，這個一定不是真名吧？一休是個和尚，是她小時候看過的一套日本動畫『一休和尚』裡的小主角。據說，歷史上也真的有這麼一個機靈又充滿智慧的小和尚。這個主持人小時候大抵也看過那齣動畫吧？

真莉聽著歌，漸漸覺得睏了，依稀聽到一休後來說：『選一個你現在最想念的人。』可他接著又說：『他們可能是同一個人。』

真莉正想弄懂他的意思，那首歌徐徐響起，淒美的旋律在她耳邊迴蕩，唱的是〈你傷了我的心〉。真莉難過地想：『噢，是的，你最想念的那個人，也最能夠讓你傷心。』

她臉埋枕頭裡，縮成一團，疲倦的眼睛再也撐不開了。畢竟，一個人半夜三更不停做選擇題是挺累的。她在街上拍外景又跑了一整天，還有子康讓她那麼沮喪。她抓起腳邊的一條毛毯蓋在身上，睡著了。

不知道過了多少時間，清晨的陽光透過睡房的垂地窗簾漫淹進屋裡，街上傳來汽車駛過的聲音，夾雜著人的聲音和狗兒吠叫的聲音，真莉緩緩從床上醒來，左臉臉頰留著幾條床單的摺紋印痕。她坐直身子，伸了個懶腰，發現電台已經換了一把活潑開朗的女聲主持節目，一休的節目做完了，她記不起是幾點鐘做完的。她揉揉眼睛，關掉收音機再睡一覺，心裡想著：『又是新的一天了！』

新的一天並沒有帶來新的希望。子康一整天都沒給她一通電話。她心裡想：『他真的有那麼忙嗎?也許……也許他明天會找我。』一個星期過去了，學校開始放聖誕假，子康只打過一次電話給她，那把聲音疲憊又沒精打采，只顧著說自己有多忙。真莉一邊聽心裡一邊忖著：『家裡只有我一個人，他甚麼時候都可以過來找我。他以前也是這樣，可現在卻好像找藉口躲我！』

真莉覺得這個星期的日子比過去一個月子康在巴黎的日子更難熬。那陣子，他們一個在法國，一個在香港，多麼想見面也沒法見面。可現在她明明知道他就在香港卻見不著他。他剛剛飛走時留給她的那份甜蜜的思念早已遠去，而今替代的只有苦澀的思念。沮喪和恐懼好像鉛塊一樣沉沉壓在她心頭。她有一個不好的直覺，她覺得子康也許不愛她了。

『要是你愛一個人，即使是要跑一千哩路去見她五分鐘，你也還是會飛奔去見她一面，然後又獨個兒走一千哩路回去的啊！』她心裡喪氣地想。

然而，每當這個不好的直覺佔據她的思緒，真莉就會打起精神對自己說：

『不，等他忙完了，只要我們見到面就會沒事！』

這些孤單又晦暗的漫漫長夜，幸好還有一把聲音陪伴她。她從不錯過每個夜晚的『聖誕夜無眠』。她成了那個叫『一休』的人的忠實聽眾。從半夜三點鐘直到清晨的六點鐘，一休放的那些好聽的歌、他那把感性又帶點嘶啞、充滿音感、間中有些調皮的聲音，就像一條溫暖柔軟的羽絨被子，只要她把耳朵貼上去，彷彿就能暫時驅走愛情帶給她的寒涼。

一休很會選歌。他播的歌是真莉平時很少聽到的。即使有些歌她曾經在別的節目裡聽過，也比不上在一休的節目裡再一次聽到時那麼深刻。一首歌落在一休手裡，由他在某個瞬間、某種語調、某段獨白之後悠悠流轉開來，就都有了一種特別的味道。他說話幽默自己卻不笑，有時候有一搭沒一搭的，時不時天外飛來一筆，逗得真莉一個人在靜悄悄的屋子裡大笑起來。

一休每天晚上都會玩他那些選擇題，那也是真莉最喜歡的。她聽了幾晚之後就嘗試捉摸一休的思路，她知道他的答案往往出人意表。一天晚上，他說：

『選一種你最害怕見到的車。』

『棺材車？喔，不，童言無忌！』真莉心裡想道，但馬上又覺得不會是答案。雖然每次在街上看到這種藍色的靈車都會讓她身上的寒毛倒豎，想起車上正躺著一個死人，那輛車卻還在街上四處走，但是，一休老喜歡施小計誤導大家，所以不會是這種車。真莉拚命想想到底有哪首歌是提到車的。她還沒想出來，一休就已經播歌了。這會兒，真莉只能苦笑。那是整個晚上最輕快的一首歌──〈聖誕老人和他的鹿車〉。

她心裡卻輕快不起來。噢！這個一休有時候真討厭。他好像認識她似的，知道她多麼害怕聖誕節來臨。她近來總有一種不祥的預感：她和子康在聖誕節開始，也會在聖誕節結束。他對她那麼冷淡，不就是個先兆嗎？他連提都沒提過要怎樣跟她慶祝，就好像不知道聖誕節快到了。

她恨一休，恨他要她面對那個惱人的現實。那天晚上，是她唯一一晚節目還沒完就把收音機關掉的。

不管真莉多麼想把聖誕節往後延，她還是無奈地聽到了聖誕老人和他的鹿車在她身後追趕時間的聲音。這一天距離聖誕節只剩下五天了。真莉自從長大後就開始嘲笑聖誕大餐，那些味道像嚼紙皮似的火雞肉有甚麼好吃？聖誕布丁的味道像塊濕了水的海綿。可她今年多想跟子康一起去吃聖誕大餐啊！哪怕要她吃火雞肉和聖誕布丁。

真莉這天夜晚在皇后像廣場幫曼茱拍她那齣短片。那兒的商廈外牆紛紛亮起了巨型的聖誕燈飾，其中一家銀行掛的那一幅正好是聖誕老人坐在一輛鹿車上，笑得很慈祥。真莉不禁想起一休那個選擇題和答案，都是他，害真莉現在覺得聖誕老人好像在嘲笑她似的。

曼茱照舊拍得慢吞吞的，為她幾年後拍的那齣『蝸牛的一生』做準備。曼茱教演員演戲時，真莉索性把那台沉甸甸的攝影機從肩膀上放下來，坐在廣場邊邊的幾級台階上。她雙手喪氣地托著臉，好想打一通電話給子康，但她還是按捺住沒打。她變得有點害怕打電話給他，害怕聽到他疲憊和不耐煩的聲音告訴她說他正忙著，就好像抱怨她是個不會體諒人的女朋友似的。

『只有一個人的時候，我從來就沒擔心過聖誕節會孤零零一個人過，為甚麼愛上一個人之後反而會擔這種心？』真莉喪氣地在心裡想。

『可以開始了！』曼茱走過來從後面拍了拍她的肩膀，真莉連忙站起身，把那台攝影機扛上肩頭，打起精神在心裡跟自己說：

『明天吧！明天我才打電話給他，就好像甚麼事也沒發生過似的！』

這樣激勵自己之後，真莉覺得好多了。

第二天早上，天氣比前一天涼了許多，彷彿將會有一個寒冷的聖誕節似的。真莉把衣櫃裡幾件她比較喜歡的衣服全都丟在床上，終於挑了一件卡其色的翻領呢絨寬鬆短大衣和一條咖啡色的吊腳褲套在身上。她在鏡子前面仔細端詳自己，咧開嘴笑笑，使勁捏捏自己的臉蛋，好讓她看來兩頰緋紅緋紅的。接著，她搽上淡淡的杏桃色口紅，抿了抿兩片嘴唇，覺得自己今天的樣子還可以。

真莉先到郵局去取包裹。她前天在信箱裡收到一張『郵件待領』的通知單。郵差來過，她不在家。『一定是媽媽寄來的聖誕禮物！』真莉忖道。

真莉來到郵局，在櫃台那兒拿到一個軟綿綿的小包裹。她瞟一眼上面的郵票，果然是媽媽寄來的。她一邊走出郵局一邊急不及待地拆開包裹來看。裡面有一張小小的紅色聖誕卡，一個大紅色的安哥拉羊毛胸罩，一邊乳杯上有一個脖子上纏著綠頸巾的小雪人圖案，另外還有一條跟胸罩配成一對的三角褲，同樣的雪人圖案在後面中央。

『裡面穿羊毛，就不怕人家會癢的嗎？這兒又不是多倫多，媽媽真是的！』真莉心裡想。她拆開那個信封，拉出來一張紅色的聖誕卡，上面有個可愛的雪人和漫天的飄雪。真莉唸出媽媽寫在聖誕卡裡那些祝福語旁邊的幾行字：

『真莉，多倫多已經下雪了！要不是屋裡有暖氣的話，我和妳爸爸都會變成人形冰雕！喜歡這份聖誕禮物嗎？在香港從來沒見過這種羊毛胸罩和內褲呢！何況還有雪人圖案！紅色也很聖誕啊！不寫了，妳爸爸現在要率領我到屋外剷雪去，這裡的冬天，一天不剷雪大門就會給雪堵住，明天休想走出去！』

真莉看到最後一行後面爸爸媽媽歪歪斜斜的簽名，突然覺得鼻子酸酸的。她從來沒這麼想念過他們，她不免苦澀又自嘲地想，一個人受到挫折的時候最想家了。

她揩了揩眼睛，她不能哭。她告訴自己：

『不，我不能後悔，現在還不能，是我自己要留下來的。』

她把包裹塞進咖啡色的背包裡，然後把背包掛在肩頭。背包裡面放著她前幾天給子康買的一份聖誕禮物——一本厚厚的《愛在瘟疫蔓延時》。她那天在書店挑了很久，最後買了兩本，一本給她自己。她在書的扉頁上寫著：

親愛的子康：

在我們一周年的日子，送你這本書。

聖誕快樂！

真莉

一九九六年聖誕

有了這份聖誕禮物，真莉覺得今天就有個藉口去找子康了。要是他忙，她把書交給他便走。她從背包裡摸出手機，打到子康家裡，而不是打到他的手機，真莉希望子康在家裡。她把電話貼在耳朵上，當鈴聲響起，她的心也跟著怦怦跳。

『喂？』電話那一頭傳來子康鼻音很重的聲音。真莉又驚又喜，心裡卻又感到對他的一絲惱火，他在家裡也不給她打個電話！『不，我今天不可以生氣。不管他說甚麼，我都不生氣，生氣只會把事情搞砸。』她心裡想，然後裝著沒事人似的一口氣說：『是我啊！你在家裡嗎？今天不用開工嗎？』

『不……哦……待會要開工。』子康有點結巴地說。

聽到他結巴，她就更覺得可疑了。她馬上接著說下去，不讓他有機會拒絕她。『我在街上，我過來找你好嗎？』

『家裡有人。』他說了一句。

她就知道他躲她，但她不肯罷休，依然裝出輕鬆的口吻說：『我有一樣東西給你，你到樓下來拿好了！我交給你就走。我待會約了曼茱。』她才沒約曼茱。她今天無論如何要見他。她不想再從早到晚等他電話。

『那好吧。』子康終於投降。

她鬆了口氣，心裡想道：『只要見到面就會沒事！他很久沒見過我了啊。』

真莉搭上一輛巴士，心裡七上八下的，想著待會見到子康要跟他說些甚麼。她以前從來不用事先想個話題，他們總是有說不完的話題。『盡說些開心事好了！就當沒事發生過！喔，就問他巴黎漂不漂亮！』她咧嘴笑笑，把那本用禮物紙裹好的書從背包裡拿出來看了看，才又放回去。

巴士到站了，真莉下了車，朝子康住的那幢簇新的藍色公寓走去。子康跟爸爸媽媽和兩個姐姐兩個月前搬來這裡，真莉只去過兩次。她在坡道上一邊走一邊捏捏臉蛋，覺得自己彷彿是上戰場去，而不是去見那個說過愛她的人。

她看到他了。他站在公寓外面的台階上，身上穿一件深藍色的防風衣和牛仔褲，腳上踩著一雙她沒見過的新球鞋，雙手緊緊地插在防風衣的口袋裡。她走上去，衝他咧嘴笑笑，他只是咧咧嘴，似笑非笑地。她瞧著他，自從他去了巴黎之後，她就沒見過他。他現在看來彷彿有點陌生，臉上並沒有她期待的那種熱情。

『妳看看是不是這個巧克力？』子康一隻手從口袋裡伸出來，遞給她一包裝在透明膠袋裡、頂端綁上藍寶石色蝴蝶結的巧克力，裡面的綠色巧克力一小顆一小顆的像青橄欖。

『啊呀……是這個「橄欖牌」！』真莉歡喜地接過那包巧克力，心裡愉快地想道：

『至少他沒忘記啊！』

『我也有東西給你。』真莉把巧克力塞進背包裡，掏出那本書給子康。

『提早送給你的聖誕禮物！』真莉滿懷希望地朝子康微微一笑。她等著他拆開禮物，期望他看到她在書的扉頁上寫的東西時會感動。然而，子康接過禮物之後只瞄了一眼，說了一聲：『嗯……謝謝。』

『你不想看看是甚麼嗎？』真莉假裝沒有失望，她咧嘴笑笑，乘機湊上去親暱地抓住他一條手臂。

『是書吧？』

『你拆開來看看就知道！快點拆嘛！』她捏捏他的手臂鼓勵他。

子康嘛嘛嘴，彷彿只是為了敷衍她才把禮物紙撕開來。

『我好喜歡這個書名。我也買了一本。』

他看到她寫在扉頁上的東西時，臉上的表情沒甚麼變化，也沒有真莉期待的那份感動，那是一本關於愛情的書啊！他卻故意迴避似的，看了一眼就把書合上。

『你……不喜歡這份禮物嗎？』她嘛著嘴問。

『喔……不是……只是……妳用不著送禮物給我！』他口吻冷淡地說。

『你為甚麼說我不用送禮物給你！』一股惱怒與委屈不由得湧上心頭，真莉聽到自己的聲音顫了起來，她恨他故意對她這麼冷淡。她受夠了，她不明白他為甚麼要這樣對她。她本來以為只要見到他就會沒事，現在卻只是更糟。她甩開她捉著的那條手臂，大聲質問他：

『我們之間到底發生了甚麼事？你從巴黎回來之後整個人都變了。你回來之後連見都沒見過我！要不是我今天打電話給你，你也不會找我！你是不是打算以後都不找我！你以前不是這樣的！到底為甚麼！你說呀！』

他那雙細長的眼睛無奈地掃視她的臉，彷彿這件事已經困擾了他許久，現在是她逼著他說出來似的。

『真莉，我們暫時分開一下吧。』

真莉聽到『分開』這兩個字，臉上浮出愕然的神情。她不敢相信自己的耳朵。

『為甚麼？』她嘴巴忍不住顫抖。

『我們合不來的。』他陌生的目光瞥了她一眼。

『你是不是喜歡了別人？』她努力克制自己的淚水。

『真莉，這是我們兩個人之間的問題！』他冷靜又理性地說。

『我們……我們有甚麼問題？』她的眼淚再也憋不住湧出來了，但她同時也看到了事情並不無可挽回，因為子康不是有了第三者。他沒有愛上別人。

子康揉了揉鼻子，說得很慢，很吃力，彷彿他的痛苦不會比她少似的。『或者我錯了！妳很好，是我的問題，我覺得……我不夠好，我不知道怎麼對妳好，我很努力，但我做不到了，有些感覺跟以前不一樣。我不知道怎樣跟妳說。』

『你說過你會照顧我的！你說過你愛我！你自己說過的話為甚麼不負責任！你為甚麼要這樣對我！』真莉顧不了路人投來奇怪的目光，一邊說一邊喘著氣哭出聲來。

『別這樣！我是說過，但這是妳希望的嗎？我不想因為我答應過妳就不對妳說出我自己的感覺……』

子康還沒把話說完，真莉就撲到他懷裡緊緊地摟著他，她思緒亂作一團，他說的話，她左耳進、右耳出，腦袋靠住他胸膛上哭得全身顫抖，嘶啞著聲音淒涼地說：『我不分手！我不分手！』

她這副激動又淒涼的模樣讓他有點不知所措，他把她摟在懷裡，安慰她說：『不要哭！不要哭！我們以後還是朋友的呀！又不是以後不見面！』他說著把她抱得更緊一些。

他撫觸她的那雙手還是像從前一樣溫柔，他的嘴巴甚至貼在她散亂的頭髮上。突然間，她看到了一絲希望。他捨不得她！他會改變初衷的，事情並沒她想的那麼壞，畢竟他是愛她的！她仰起頭，緊緊摟住他的脖子，如飢似渴地吻著他，彷彿永遠也不想跟他分開。

片刻之後，他放開了她，雙手卻仍然搭住她的肩膀，哄她說：『別這樣！給我一點時間好嗎？我過兩天找妳。』

真莉那一絲希望幻滅了，她以為已經雨過天青，沒想到他突然又會硬起心腸。她想撲上去，但他擋住她。

『你不會的！你不會再找我的了！』她哭著說。

他靜靜地瞧著她，默默不語，彷彿在責備她不相信他似的。

『你……你真的會找我……平安夜？』她讓步了。突然她又有點不放心，結結巴巴地說：『我打給你好嗎？』

他放開她的肩膀，那雙眼睛重新換上了冷漠的神色，彷彿她要是再逼他的話他就甚麼都不做、甚麼都不會答應了。

她害怕了，抽著鼻子說：『嗯，我等你電話。』

3

真莉不記得自己是怎樣回到家裡的，也不記得臉朝下倒在床上哭了多久。她腦袋發昏，覺得剛剛發生的一切不過是個夢，並不是真的。她好後悔自己沉不住氣，為甚麼要逼子康說出來呢？要不是她向他發脾氣，他也許不會提出分手。即使是聽到他說要分手，她也該冷靜一些，盡可能裝出一副瀟灑，甚至高傲的樣子，乾脆說：『那好吧！』

要是那樣的話，子康反而會捨不得她呢！她卻像個買不到心愛玩具的小孩子那樣死命跺腳抓著不放。她那時候真該離開這裡去多倫多，永遠也不回來，那她就不用承受現在這種痛苦，那樣子康也許一輩子都會懷念她。

她在床上翻了個身鑽進被窩裡，在被窩裡，她弓著兩條腿，沾滿淚水的幾綹髮絲濕答答地黏在她臉頰上。她不相信他沒有第三者。她可以問大飛，但是大飛即使知道也一定會替子康隱瞞的。他們是好朋友。

真莉轉過身來仰躺著，頭昏昏地瞧著天花板，心裡痛苦地想道：

『兩天！兩天還要等多久啊？』

就在今天之前，真莉多麼希望聖誕老人和他的鹿車不要那麼快來到，可她現在卻巴不得一覺醒來就是兩天之後。

真莉不記得她是怎麼熬過第一天的了。她覺得自己好像會瘋掉，到了第二天，也就是平安夜的早上。她一覺醒來之後就隱隱帶著希望等子康的電話。想到他也許會約她出去，她甚至想好要穿甚麼衣服，又用冰袋敷過一雙腫脹的眼睛。

時間一小時一小時過去，過了平安夜的十二點，真莉終於明白子康是不會找她的了。她多麼傻！他那樣說只是為了打發她，而她竟然相信他的話。

『他今天晚上一定是跟另一個人一起！』她傷心地想道。

她任由收音機開著，在被窩裡縮成一團淒涼地啜泣，活像一隻失魂地撞上玻璃幕牆的小鳥，掉到地上奄奄一息，羽毛髒濕。

今天晚上只有一把聲音是真莉還想聽到的。午夜三點鐘，她終於聽到一休那把熟悉的聲音在她耳畔縈迴。就像他的節目叫『聖誕夜無眠』一樣，多少個臨近聖誕的夜晚，真莉徹夜無眠，思潮起伏，苦苦地想著她的愛情出了甚麼事，而她也許永遠都不會明白。

『選一件最慘的事……兩件吧……今天是聖誕節，就當作是買一送一的禮物。』一休帶點嘶啞的聲音說。

『還有比現在更慘的事麼？』真莉苦澀地想道。

『最慘的事，是一年有十二個月，偏偏要等到聖誕節才失戀。為甚麼不是在佛誕呢？沒有人會因為在佛誕失戀而覺得特別難受的呀！』一休懶洋洋地說。

真莉忍不住噗哧一笑，笑得兩個肩膀在被窩裡不停地抖。要是有誰這會兒看到她頭髮亂蓬蓬、又哭又笑的模樣，準會以為她是個瘋子。

『第二件呢？第二件是甚麼慘事？』她擤了擤鼻子在心裡想。

『……第二件事，是情人節晚上，一個人孤零零地在家裡對著鏡子，抱怨父母為甚麼沒把自己生成一個萬人迷！』一休又說。

真莉咯咯地笑了起來，她沒想過這個世界上還有能夠逗她笑的笑話，也沒想過人在那麼痛苦的時刻還能夠笑。她的思緒飛開了，抓住被子，眼睛盯著天花板，心裡忖著一休接下來會播甚麼歌。慘歌太多了啊！然後，一段憂鬱的旋律在她耳邊響起，一休播的是那首〈所有人都比我快樂〉。真莉一聽，眼淚再一次湧了出來。

她轉過頭去，趴在枕頭上啜泣，淚眼汪汪地望著床邊的電話。子康答應過的，為甚麼他不守諾言？真莉多麼想拿起電話打過去，卻害怕聽到他的聲音之後不知道怎麼開口。

突然，一個充滿希望的念頭從真莉腦子裡冒出來。

『我要寫一封信給他！那會比當著他面說的好！他看了信就知道我有多愛他！噢！天哪！到時候他也許會改變主意！』

這個希望鼓舞了她，真莉飛快地離開床，坐到床邊那張木書桌前面。她擰亮桌上的一盞小燈，拿出一疊藍色的信紙，抓起一枝筆開始寫。

子康：

你說過今天之前會找我，我一直在等你。我們之間到底發生了甚麼事？你已經不愛我了麼？你是不是愛上了別人？她比我好嗎？

真莉用手擦了擦急湧出來的淚水，大口喘著氣，接著寫下去。

我不知道這兩天和這一個月我是怎麼挺過去的。你幾乎都不找我，跟我說話的口氣也總是冷冷淡淡的。

你明知道我多麼渴望看你一眼，見你一面，你卻假裝你沒聽出來。於是，我也只好假裝你出外旅行去了。我告訴自己，旅行結束了，你會回到我身邊。到時候，一切還是會跟以前一樣。

這些日子，陪伴我的是一把聲音，你聽過一休的節目嗎？當你不在身邊，每個無止無盡的長夜，是一休和他的歌讓我可以暫時忘記你，忘記思念你的痛楚。我多麼感激這把聲音啊！因為，寂靜無聲的獨自等待，是漫長得無法想像的。

九五年的聖誕，我們開始。九六年的聖誕，你不再愛我了。你知道我從今以後都會痛恨聖誕，因為，只有跟你一起的那天才會是個節日。

也許你不會再找我了。我只想你知道一件事，要是從頭活一回，我還是渴望與你相遇。失去了你，我不想過得幸福。

真莉

九六年十二月二十五日　早上三點五十分

真莉一邊哭一邊用手背擦著眼淚，她沒法再寫下去了，也不知道還可以寫些甚麼。最後，她寫上這一行：

她擤了擤鼻子，小心翼翼地把那張信紙折疊起來，拉開抽屜，翻了翻裡面的東西，想要找個信封。突然之間，床邊的電話響起一串鈴聲，她淚眼模糊地抬起頭。

『噢！一定是他打來！』她心裡快樂地想，伸手去抓起話筒。

『真莉呀，我是大飛呀……聖誕……快樂呀！』大飛結結巴巴地說。

真莉的心情一下子掉到谷底去了。她絕望地想：『他自己沒法說，所以要大飛告訴我。』她顫抖著嘴唇，等著大飛說下去，彷彿等待他宣判她的死刑似的。然而，她一直等，他卻一句話也不說。她痛苦地想：『大飛也開不了口。』

『大飛……你不用說……我……我甚麼都知道了。』真莉哽咽著。她不想聽到大飛告訴她子康已經決定跟她分手。她不想聽別人向她宣布那個殘酷的事實。她抽著鼻子哭，把剛剛寫的那封信塞進抽屜裡去，找個地方藏起來。這封信現在已經用不著寄出去了。

『妳……妳早知道……為甚麼……不告訴我……』大飛慢吞吞地說，他的聲音聽起來像喝醉了。

『他喝了酒！怪不得說話有一搭沒一搭的。對啊！今晚是平安夜，他一定玩得很開心，說不定還跟子康一起。』真莉心裡想。她覺得大飛是站在子康那一邊的。她啐了他一句：『你既然知道……為甚麼不告訴我？』

『我昨天在戲院裡撞到他們兩個一起才知道的！嫣兒騙我說要開工，原來是和子康去看戲！怪不得她近來神不守舍的！她認了，他們是在巴黎開始的。陸子康對不住我！』大飛激動地說。

真莉臉色變得煞白，僵呆在那兒，彷彿當頭捱了一棍。原來是郭嫣兒！她為甚麼沒想到？因為她一直逃避這種可怕的想法。她不相信子康會跟郭嫣兒。她是大飛的女朋友，他怎麼可以幹出這種下流的事？他還騙她說沒有第三者，說了那麼多冠冕堂皇的話。她簡直不敢相信自己的耳朵。

『大飛，你說的是真的嗎？』她嘴角有點發抖。

『我也希望不是真的。』大飛的笑聲醉醺醺的聽上去好苦。真莉覺得那根本是啜泣聲。

『我也是現在才知道的。』真莉再也哭不出來。她臉上的表情茫然又痛苦，說得慢吞吞。大飛沒接腔，她忖道大飛也許太驚訝了，他沒想到她根本不知道。

『謝謝你告訴我。』真莉掛上電話，憤怒和屈辱燃燒著她，反倒抵消了一些痛苦。她心裡恨恨地想道：

『他可以不愛我，去愛任何一個女人，那樣我會好傷心！我甚至永遠也沒法忘記他！但為甚麼偏偏是郭嫣兒！他出賣我，出賣朋友！他連這種事都做得出來！天哪！我根本不認識他！他只是個滿嘴甜言蜜語的傢伙！我竟然還為他留下來！』

她像散掉似地癱在床上，直到她再也聽不到一休的聲音，直到窗外的天色如同她胸中的荒涼那樣，灰濛濛地漫淹進屋裡來，她才發現自己已經癱在那兒很久了。她倏地走下床，在床邊那把椅子上抓起兩天前穿過的那身衣服套上。

真莉來到子康那幢藍色公寓外面。聖誕節的大清早，街上只有零零星星的幾個路人。她仰起頭看上去，子康住在四十七樓，她看不到他那扇窗。她抓起放在口袋裡的手機打給他，一聽到他的聲音，就朝電話氣呼呼地吼道：

『陸子康！你馬上給我滾下來！』

真莉把這句話說得像命令，這道命令又下得那麼突然，子康完全沒法對她說不。

真莉掛掉電話，站在台階上等著。她剛剛那樣激動地朝他吼，現在一張臉都有些發抖。片刻之後，真莉看到子康從公寓裡走來。他仍舊穿著前天的衣服，腳上卻趿著一雙人字拖鞋，彷彿是個接到命令馬上跑來報到的士兵，連鞋子都來不及穿。

真莉兩個眼睛瞪著他，無法相信她曾經多麼愛他，多麼害怕他會離開他。然而，他現在就站在她跟前，一雙手插進褲袋裡，想努力裝出冷靜的樣子，那雙細長的眼睛卻滴溜溜亂轉。她只覺得對他有說不出的恨。

『陸子康！我甚麼都知道了！你為甚麼把我當成傻瓜！你這個混蛋，你侮辱了我！你也侮辱了你自己！我看不起你！你下流！下流！』她朝他怒吼。滿腹的痛恨無處發洩，她猛然揮手，使出渾身力氣狠狠賞了他一記耳光，清脆的巴掌聲在寂靜的空氣裡迴蕩。

這一切來得太突然了，子康渾身晃了一下，本來插在褲袋裡的那雙手狼狽地抽出來，彷彿是想抓住些甚麼來穩住身子似的，一邊腳上趿著的人字拖鞋也歪了。

真莉看到自己在他白皙的臉上留下明顯的指痕，愛和恨頓時都消散了，只留下淒涼。

子康抬手摸了摸剛剛捱了一記耳光的那邊臉，他沉默不語，震驚又惱火的目光瞪著真莉，彷彿受到了極大的侮辱。然後，那股惱火從他眼裡漸漸消退，就好像他不再欠她甚麼似的。

『陸子康，我以後不想再見到你這個人！你這個混蛋！請你把學校儲物櫃裡你那些東西全都清走！我見到任何跟你有關的東西都覺得噁心！』真莉冷冷地對他說，就像對一個她從不認識的人說話。她說完這句話，就轉過頭去，邁開腳步，以她僅剩的自尊心挺直背梁，昂起腦袋往前走，連看都沒看他一眼。

chapter ☆ two

當你不在身邊，我只能浮潛在這把聲音之下，

偽裝成一條優游海底的魚，

把你的一切拋作遙遠的往事。

JASMINE ☆ STREET
1996.12.24
SLEEPLESS • AT • CHRISTMAS • EVE

1

一九九七年一月一日凌晨的這一天，就像過去幾天一樣，真莉睡房裡亮著一盞昏暗的床頭燈，她穿著睡衣蜷縮在被窩裡，一隻腳穿著保暖的襪子，另一隻腳卻光著。一個枕頭丟在床尾，那兒還散著幾張唱片和兩條她前幾天換下來的睡褲。真莉消瘦了，那模樣就像一件羊毛衫不小心在熱水裡泡過似的縮小了。她兩邊臉頰陷了下去，兩條本來圓滾滾的大腿如今穿任何褲子都顯得鬆垮垮，甚至胸脯也變小了。她從早到晚就那樣癱在亂糟糟的床上，任由自己頭髮纏結，有時連臉都懶得洗，反正她又沒有甚麼人要見！她也不想見任何人！她醒來就睡，偶爾翻個身動一下，睡不著就骨碌骨碌地灌幾口爸爸留下的一瓶白蘭地。她從來沒喝過酒，只覺得那瓶酒好苦好難喝，她一喝就覺得腦袋發脹，心裡的痛苦這時都湧上眼睛，她趴在床上哭著哭著就昏睡過去了。

這會兒是三點鐘，電台裡有一把聲音報告新聞和天氣，真莉等著她的床頭歌——那不是一首歌，而是一休的聲音、他那些遊戲和他放的那些歌，只要每個孤寂的晚上還能夠聽到他，就成了她唯一的慰藉。

然而，在天氣報告和一首開場歌之後，真莉聽到的卻是一把完全陌生的女聲。真莉驚得從被窩裡探出頭來，望著書桌上那台白色的收音機，喃喃說：

『一休呢？為甚麼不是一休？他昨天沒說會放假啊！噢！他怎可以放假！』

真莉失望地把頭鑽回去被窩裡，思忖道：『天哪！他甚麼時候會回來？也許明天吧！』然而，片刻之後，她整個人茫然地拉下蓋在身上的被子，坐起來，難以置信地瞧著那台收音機，真莉聽到那把陌生的女聲宣布，她將會是以後每晚這個時段的新主持人，節目名稱也換了。

『一休昨天晚上並沒有說他不再做節目啊！他連再見都沒說一聲！不會的！不會的！我一定是喝醉了！』真莉焦急地想道，又掀開被子四處找那個遙控器，終於在枕頭下面給她找到。她神經質地不停轉台，卻始終再也聽不到一休的聲音，剛剛那個頻道是對的。

『「聖誕夜無眠」！』真莉突然想起甚麼似的在心裡喊道。『現在不是已經過了聖誕節嗎！所以一休的節目也做完了，那只是特別節目！』她沮喪地丟開那個遙控器愣愣地坐著。新的女主持人喋喋不休地說著話，她放的那些歌真莉一點也不喜歡，可真莉捨不得把收音機關掉，她不知道會不會有奇蹟出現。

『也許……也許……一休調到其他時間去了。他節目做得那麼好，不會不做的！』真莉心裡樂觀地想道。

那台白色的收音機就這樣從早到晚一直開著。第一天過去了，第二天、第三天也過去了。一月七號這天凌晨三點鐘，真莉終於明白，她也許再也聽不到一休的聲音了。真莉甚至想過一休會不會轉到另一家電台去，她這幾天不停轉頻道尋找那把陪著她大半個月的聲音，卻落了空。

這會兒，真莉就像元旦凌晨那天一樣，蜷縮在被窩裡，卻連最後的慰藉都失去了。她灌了幾口白蘭地，覺得頭好昏，依稀想起她小的時候在收音機裡聽到一個故事——傳說每一台收音機旁邊都坐著一隻很愛聽收音機的鬼魂，人是看不見它的。這隻鬼魂會拿一張椅子坐在那兒。它有時會忍不住施法讓人把收音機轉到它想聽的電台去，因此，當一個人神推鬼使地選了一個電台，也許正是那隻鬼魂在作怪。

真莉聽到這個故事時覺得好害怕，每到夜裡都擔心自己會不小心撞到坐在收音機旁邊那隻鬼魂。事隔多年，這天晚上她又記起了那個傳說，卻不再覺得那麼恐怖了，她覺得也許還有幾分真實。她瞧著書桌上那台白色長方形兩頭連著揚聲器的收音機，想起她那天晚上不小心坐到遙控器上，收音機彷彿變魔術似地跳到一個電台，她第一次聽到一休的聲音。誰又知道這一切會不會是那隻鬼魂做的事？

『也許一休的節目根本就不曾在地球上存在過！就像一齣奇幻電影的情節，一休那個節目原本只向外太空廣播，那天晚上，因為那隻鬼魂作怪，他的節目給我無意中截聽到，他留了下來，現在又走了！』真莉醉醺醺地在被窩裡想道。

真莉無法接受一休就這樣憑空消失了，只留下無邊的失落。她把那台收音機關掉，把床頭那盞小燈也關掉，臉埋枕頭裡，只有舌尖還留著白蘭地苦澀的滋味。她心裡茫然地想道：

『我以後的夜晚怎麼過？那是失戀後無止無盡的長夜啊！』

幾天之後的一個夜晚，真莉一個人來到中區一家戲院的售票窗口。她買了一張九點半的戲票進場。戲院裡黑漆漆的，只有七成滿，看戲的幾乎清一色是情侶。真莉孤零零地坐在後排，她原本以為她會在首映禮上看到這齣電影，至少也會是拿著贈券進戲院裡看。她一直期待電影上映，而今她等到了，卻又似來得太遲。『收到你的信已經太遲』——這個戲名現在聽起來多麼諷刺？

戲看到一半，真莉就後悔了。銀幕上的每一場戲、每一句對白，她幾乎都會背出來，拍的時候，她也都在場。戲裡的每一個小節都讓她想起當時的情景。她記得女主角在家裡寫信的那場戲是最後一天才拍的。那天晚上，真莉坐在公寓外面寬闊的台階上，子康從一樓的窗口探出頭來朝她喊，問她想吃甚麼飯。這一切就好像昨天才發生。

真莉在黑濛濛一片的戲院裡一邊看戲一邊啜泣。坐在她前面的一對情侶忍不住轉過頭來瞥她一眼，不明白她為甚麼哭得這樣傷心，他們覺得電影還不至於那麼催淚啊！

真莉瞧著大銀幕，淚水模糊了她的眼睛，她想，她還是不該來的，現實裡的愛情永遠也不會是電影，所有的約誓，所有的深情，都是留不住的，永遠不會像電影那樣，即使是遺憾，也近乎圓滿；即使生死永訣，也今生不渝。

『根本就不會有今生不渝的愛情！』她心裡苦苦地想。

真莉揩了揩眼睛，她儘量憋住眼淚，免得前面那雙好奇的情侶又轉過頭來看她。他們看到她一個人來看戲，又哭成這個樣子，說不定會以為她的遭遇就跟戲裡那個女主角一樣，男朋友出車禍死了！

『要是那是真的，該多好啊！』真莉惡狠狠地想。要是那樣，她也許還會永遠懷念子康，可她如今倒寧願從來沒認識過這個人。

後來，電影完場，真莉在片尾看到了大飛、她和子康的名字，可他們三個人不會再走在一起了！戲院裡亮起了燈，所有出口的布幔都掀開了。真莉緩緩站起身，低下腦袋蹣跚地走出戲院。

『啊呀！那些信！』突然之間，她記起了那天在郵筒裡找到的信。她已經拿去寄了嗎？還是放在甚麼地方？還是交給子康去寄了？

真莉回到家裡，衣服脫下來丟在床邊，把睡房裡每個抽屜都打開來，沒找到那疊信。那天她和子康回去拍戲的那條長街，把郵筒扛回去倉庫，她無意中發現郵筒裡有一疊信。她後來是把那些信寄出去了還是放在甚麼地方沒寄？她這陣子白蘭地喝得太多了，無論如何也記不起來。要不是今天晚上看了電影，她壓根兒就忘記了這件事。

真莉找了一會兒就放棄。她記得那疊信裡面好像有幾封情信。

『情信寫來幹嘛！收信的那個人可能已經死了呢！要嘛就是寫信那個人已經變了心！』真莉溜上床，幸災樂禍地想道。她現在最討厭的就是有情人終成眷屬的故事。

就在她這樣想的時候，一陣怪風突然把睡房的窗簾吹開了，真莉頓時起了一身雞皮疙瘩，她瞥了窗外一眼，心裡發毛地想：『他不會是真的死了吧？』

真莉把露在被子外面的一隻腳縮了回來，過了一會，那陣風靜止了，她想起自己已經好多天沒到學校去。曼茱前幾天打過電話來，問她是不是病了。

『我和他分手了。』真莉當時有氣無力地說。

真莉認為失戀就有權逃學、就有權自暴自棄、就有權甚麼人都不見。然而，看完那齣電影，一路走回來的時候，一些她想不到的改變發生了。再精采的電影也會落幕，再糟糕的電影也會有散場的時候，真莉突然覺得，她不想再喝白蘭地了，那滋味太苦。她也不想無止無盡地放棄自己。她好想再拍電影，好渴望可以再次坐在課室裡，即使只是在那兒做著白日夢。

『不管多麼困難，我要克服它！』她心裡想道。

第二天，真莉大清早起來挑了一身黑色的衣服離家上學去。她太久沒回去學校了，黑色就像保護色，讓她感到安全。她也看到自己憔悴了，除了黑色，甚麼衣服披在身上都好像不對勁。

真莉一回到學校，就走去儲物櫃拿她的筆記本。她擰開那把密碼鎖，櫃門打開來的時候，真莉發現儲物櫃裡空了一半，只留下一些屬於她的東西。那天是她要子康清走他放在儲物櫃裡的東西的，然而，看到他果然照做了，而且還做得那麼快那麼乾脆，她心中不禁浮起一陣酸楚和恨意。她決定明天要換過一把鎖。

『我不要再想他！』她心裡想。

然後，真莉深呼吸一口氣，在櫃裡找找有沒有那疊信，但她沒找到。她想了一會，記不起是寄了還是丟失了。

真莉關上儲物櫃，轉過身來，剛好看到曼茱朝她這邊走來。

『真莉，妳回來囉？』曼茱咧嘴對她笑笑，一邊跑過來打開自己的儲物櫃拿東西一邊對她說：『妳瘦了喔！還好吧？』

真莉嘴角露出一絲苦笑，心裡想：『我怎麼會好呢！她現在最好別問我為甚麼跟子康分手。我怎麼告訴她子康勾搭了大飛的女朋友？我說出來都覺得羞恥！』

讓真莉感動的是，向來包打聽的曼茱，此時此刻並沒有問下去。真莉並不知道，那是因為她那咬緊了嘴唇的樣子彷彿是在告訴曼茱：

『我現在甚麼都不想說！』

『真莉，妳是不是學過法文？』曼茱識趣地轉了個話題。

『我是學過啊，甚麼事？』

『那麼，這份兼職也許適合妳！一家法文書店想找個懂法文的兼職店員，時薪很不錯。我留起來沒貼出去，想著這幾天要是見到妳就交給妳。幸好今天見到妳，我不能一直藏起來啊！這個招聘電郵傳過來學生事務處時，剛好是我值班。』曼茱一邊說一邊在儲物櫃裡找到那張列印出來的廣告塞給真莉，上面有書店的電話和負責人的名字，還列出了一些簡單的要求。

『可我只學過三年法文，而且很多都不記得了。』真莉皺了皺眉頭說。

『上面寫著只需要懂一點簡單的法文啊！妳打電話過去問一下，試試沒關係喔。』曼茱一邊鎖上儲物櫃一邊說。

中午的時候，真莉打了一通電話過去，接電話的是一把年輕的男孩子的聲音。背後隱隱約約傳來搖滾樂的歌聲。他叫路克，是個中國人。真莉告訴他，自己學了三年法文，平時也有看法國雜誌和法國電影，那個路克聽完就直接問真莉甚麼時候可以上班，看來似乎很急著用人。

『曼茱把他的廣告藏起來，我是唯一一個打過去應徵的呀！』真莉好笑地在心裡想。真莉跟路克說好了明天就可以到書店上班。她也巴不得找些事情做，這份兼職來得剛剛好。

真莉掛上電話之後，離開電影系大樓，到學生餐廳那兒買了一份火腿乳酪三明治和一包檸檬茶。餐廳裡擠滿人，她帶著三明治和檸檬茶穿過學校廣場，沿著濃蔭大樹覆蓋成拱形的散步道，走下一條寬闊陡長的石級，來到學校的露天游泳池。她爬上偌大的看台頂，找了個位子坐下來，開始吃她的三明治。今天的天氣好得很，天空一片蔚藍，越過這個游泳池，可以看到大海的那邊。游泳池冬天關閉，池底也許已經長出了許多綠苔蘚，反倒把池水變成一片美麗的藍寶石色，一眼看不到底。看台上零零散散地坐著一些學生，每個人都儘量找了個有利的位置，悠閒地曬著冬日溫暖的太陽，有的人像真莉，選擇在這裡吃午餐，有的人大聲跟身邊的朋友聊天，也有些人靜靜地邊聽著隨身聽邊看書。

真莉又吃了一口三明治。她今天的胃口很好；況且，她身上的脂肪這陣子跑掉了不少，她吃甚麼都不怕胖，可以盡情吃她最喜歡的乳酪。媽媽上星期打過長途電話來，真莉跟媽媽說話時儘量裝出一把愉快的聲音，還在適當時候順便抱怨一下媽媽寄來的那套安哥拉羊毛胸罩和內褲在香港沒機會穿。要是媽媽知道她和子康分手了，一定會勸她離開香港過去多倫多跟他們一起。幸好，媽媽在這方面一向不是很精明，沒聽出真莉的聲音裡有甚麼不對勁。

打從跟子康分手的那天以後，真莉無時無刻不想著離開這裡，離開這個讓她傷心的地方，飛去多倫多。在那個遙遠的他鄉，幾乎沒有人認識她。她再也不要回來了。可她始終沒走，彷彿這裡還有甚麼讓她留下來。

起初她以為是對子康的不捨之情，又或者是她仍然對他心存希望。然而，當她坐在這個看台上，享受著暖洋洋的日頭，晴空萬里，她遙望著大海那邊偶爾經過的一、兩艘歸帆，看著眼前深藍色的池水在微風中吹皺，還有身邊這些她有點眼熟卻不認識的臉孔，她頓時明白她不走的原因。二十年來，這是她出生和長大的地方，雖然她曾經以為的那段傾城之戀最後一敗塗地，但她不甘心就這樣一走了之。即使有一天她要走，也不是像現在這樣以一個失敗者的姿態，垂頭喪氣地離開。爸爸媽媽剛走的時候，她很不習慣，一個人在家裡時，甚至聽到牆上那個掛鐘滴答滴答的聲音。

然而，她很快就愛上了一個人無人管束的自由。自由是她的選擇，沒有人能夠奪去，尤其不能讓那個使她嘗到痛苦和屈辱的舊情人奪去。

『不管多麼孤單，我會克服它的！』她對自己說。

2

那家書店在中環蘇豪區一幢舊樓的一樓，店裡有一面落地大窗可以望到樓下的長巷。那是一條沒有車路的巷子，巷口有一間小畫廊和一家賣各種蠟燭的小店，巷子裡有一家法式咖啡小吃店和一家做新派越南菜的小餐館，兩家店到了晚上都會放些露天桌椅在門外，周五和周末晚上特別熱鬧。

書店的面積很小，名字就叫『路克書店』，主要賣些法文書和法文雜誌，也兼賣些英文雜誌。店裡平時只有老闆路克一個人。路克有二十四歲，他沒告訴真莉他的中文名字，所以真莉就直接叫他路克。

路克個兒瘦瘦的，蓄著直髮，他那一頭黑亮亮又柔軟的頭髮三七分界，長度差不多來到下巴底下，右手手腕上戴著一條像鎖鏈的銀手鏈，那隻手的中指和無名指各自都戴著一枚銀戒指。他經常穿汗衫，外面罩一件黑色皮夾克和牛仔褲。路克嘴邊有個小酒窩，真莉卻從沒見他笑過。他臉上老是帶著一種憂鬱的神情，好像已經被女孩子傷害過三十次似的。

書店每天午後一點鐘才開門，到夜晚十一點鐘打烊，顧客主要是居港的法國人和一些本地人，周末和禮拜天的生意比較好，平時有點冷清。真莉覺得路克一個人就已經應付得來了，根本不需要找一個兼職。不過，上班幾天之後，真莉便明白為甚麼了。路克根本不喜歡看店，他要嘛就躲在狹小的辦公室裡聽音樂，要嘛就拿著一本雜誌走過去那家法式小店喝杯咖啡，然後坐上大半天。路克不在乎書店賺不賺錢，他開這家店好像只是為了找點事給自己做。

真莉很快就愛上這裡，那家越南小餐館的春捲和牛肉河粉很美味，法式小店的三明治、咖啡和那種四方形的苦巧克力蛋糕都不錯。在書店裡，所有的書和最新的雜誌，真莉都可以看，她的法文也進步了一些。她聽過路克跟客人說法文，他那一口法文說得好漂亮。

真莉剛來書店的時候，曾經懷疑路克會不會就是一休。路克喜歡的那些音樂跟一休喜歡的有些相似。真莉覺得一休可能也是蓄長髮的、喜歡穿黑色皮夾克、戴銀手鏈、神情憂鬱、平時不愛說話也不愛笑的。雖然路克的聲線聽起來不像一休，但是，通過大氣電波傳過來的聲音，也許跟真實的聲音有點不一樣啊！

然而，過了沒多久，這種想法就讓真莉感到有點傻。路克的聲線壓根兒就跟一休不像，他不可能是一休，只是真莉一廂情願地希望路克就是一休罷了。

儘管路克不是一休，但是，『路克書店』還是陪著真莉度過失戀後那幾個月漫長的日子。她的生活好像分裂成兩部分，一個部分是學校，另一個部分就是書店。她拿的是時薪，路克對她很闊綽，由得她喜歡每天在店裡做多長時間都可以，所以，只要一有空她就會過來賺點生活費。法式小店那種四方形的苦巧克力蛋糕，她每星期要吃兩片，那已經是很克制的了！失戀就有狂吃甜點的權利啊！有時候，她也會到巷口那家畫廊看看有沒有新的油畫，那兒賣的主要是動物的畫像，有獅子、北極熊、狗啦、貓啦，真莉喜歡研究動物。傍晚上班或下班時，經過那家賣蠟燭的小店，真莉也會停住腳步隔著店子的落地玻璃，欣賞裡面只在夜晚才點亮起來的許多燭光。昏昏暗暗的小店裡，燭影搖曳，一朵朵藍焰飄浮，真莉看著覺得好浪漫。不過，浪漫如今都是別人的事了。幾個月來，苦澀和孤單的滋味依然如影隨形，只是，痛苦也減少了許多。

一九九七年六月三十日的這一天，就像過去幾天一樣，成天下著滂沱大雨，這場雨彷彿要再下一百年似的，想把甚麼都沖走。路克索性休息幾天不開店，自從真莉上班以來，這還是路克書店頭一次休息。這天晚上，真莉在她堅尼地城的家裡，一輪輪雨浪撲在窗子上，不停發出劈劈啪啪的聲音，她一直窩在客廳那張米黃色的布沙發上看著電視直播。傍晚六點十五分，英方在中環添馬艦總部舉行露天告別儀式，結束英國對香港一百五十六年的殖民統治。大雨把每個人都弄得十分狼狽，英國國旗在雨中徐徐降下了。凌晨十二點正，主權移交儀式在剛剛落成的香港會議展覽中心舉行，中國國旗和特區區旗在香港升起。查爾斯皇儲與末代港督一家乘坐不列顛尼亞號離開香港，在添馬艦向香港市民揮手告別。

歷史的一刻，真莉不免傷心地想起她那段短暫而失敗的初戀。她曾經浪漫地相信，她為愛情留了下來，這個城市的這個歷史時刻將會成為甜美的回憶。可是，她的告別儀式早就舉行了，而且糟糕而響亮——她給了那個人一記響亮的耳光。

真莉望著窗外，外面昏天暗地的，真莉還從來沒見過這麼大的雨，彷彿只要她敢打開窗，雨水就會淹進屋裡，把她和所有東西都浮起來。這時，一串電話鈴聲突然響起，真莉伸手抓起話筒，以為是媽媽從多倫多打來的。她沒想到會是子康。

『真莉嗎？是我……妳在家裡嗎……很久沒見了……妳好嗎？』子康厚臉皮地說。

『多虧你！我怎麼會好！』真莉心裡恨恨地想道。『他為甚麼偏偏在這個時候打來？他甚麼意思？他也想回歸嗎？還是七月一號良心發現，想向我道歉？』

這個電話來得太突然，時間也太敏感了。她腦子很亂，一時說不出話來。

『真莉……妳在聽嗎？』

『你找我有甚麼事？』真莉回過神來，冷冷地問。

『是這樣的……妳有些東西在我這裡……我剛好在附近，方便的話，我想現在就拿過來給妳……』

『哼！這個混蛋！他要把我以前送他的東西統統還給我！』真莉心裡升起一股惱火，嘴巴都有些顫抖。他給她的痛苦和羞辱還不夠嗎！她想對他說：『那些東西我全都不要！』但她不能這樣說，他會以為她對他還有留戀，不想收回她送過給他的禮物。

『好吧，在甚麼地方？我來拿。』真莉乾脆說。

『十五分鐘後，我在妳樓下等妳好嗎？』子康好像很高興她答應出來。

真莉沒應一聲就掛上電話。子康上次挨了她一記耳光時，看來多惱火啊！她想不到他竟然還會再找她。難道他這麼快就忘了嗎？真莉從沙發上跳起來，慌忙跑進睡房打開衣櫃開始挑衣服。外面的雨這麼大，穿甚麼都會淋濕，她一點準備也沒有，樣子還那麼憔悴。她突然很後悔為甚麼要答應見他。他們已經不是戀人，他沒權利想見她馬上就可以見到的啊！她該叫他改天再來，或者乾脆要他把那些東西寄給她好了，她真不該那麼容易就出去見他。可是，現在反悔就太婆媽了！她為甚麼怕見他？她沈真莉可沒做過對不起他的事！

『要是他只想找個藉口來見我，那麼，我就要他死心！』真莉禁不住抬抬下巴，痛恨地想。

她終於挑了一件黑色的長袖汗衫和一條黑色吊腳褲，讓她看上去神情高傲一些。她往臉頰上擦了點胭脂，搽上淡淡的口紅，抓了一把黃色的雨傘出去。

真莉來到樓下，站在公寓門廊的簷棚下面躲雨，嘩啦嘩啦的雨如浪花般湧向她，水花濺濕了她的褲腳，她往後退了幾步。這樣的灰雨讓人心情沮喪，她咬著牙，默默地等著。一輛車子衝著雨浪駛來，停在她面前。

她發現子康就坐在那輛車的駕駛座上，他調低靠近她這邊的車窗，衝她說：『真莉，很大雨，上車吧！』

真莉驚訝地看了這輛車子一眼，是一輛簇新的車子。子康哪來的錢買這種車？她沒時間細想，打開車門匆匆鑽上車，坐到駕駛座旁邊，手裡還緊緊地抓住那把滴著水的雨傘。車上放著柔和的音樂，真莉一上車就嗅到車廂裡有一股新車的味道，鋪在腳底下的車墊還沒拆開膠袋。真莉在車廂昏暗的燈光下瞧了瞧子康，她發現他竟然在下巴尖上蓄了一撮山羊鬍子。

『他是故意裝老成好跟郭嫣兒相襯一些吧！怎麼看都像個色迷迷的淫賊！』真莉心裡恨恨地想。

『這輛車是家裡的！』子康神氣地告訴她，又興致勃勃地摸了摸那塊亮著綠色燈的儀表板，彷彿擔心真莉會看不出來這是輛新車似的。真莉知道他一向愛車，也渴望擁有自己的車，他那時就常常拿大飛的車去用，後來更索性連人家女朋友都拿去用了。

眼看真莉板著臉沒接腔，子康望了望車外的雨，想找個話題似的，終於說：

『雨真大啊！』

『你有甚麼要給我？』真莉口氣冷淡。

子康伸手到後車廂抓起一個白色的文件袋交給真莉，說：

『那天我在儲物櫃拿錯了，本來應該早一點還給妳……』

『原來他不是要把我以前送他的禮物還給我！』真莉一邊想一邊打開那個文件袋，把裡面的東西倒出來，是幾本書和幾張唱片，原來在他那兒，真莉還以為不見了。文件袋裡還有一疊信，就是那天在假郵筒裡找到的那些。

『啊……原來在這裡！』她心裡想道，卻發現其中灰色印有玫瑰花的那四封信的封口已經撕開了。

『你看過這幾封信？』真莉質問子康。

子康聳聳肩，說：

『好奇罷了，看看也沒關係，說不定會是個可以拍戲的故事，是個女孩子寫給以前男朋友的……』

真莉把那些東西全都塞進文件袋裡，抓起腳邊的雨傘，瞥了子康一眼，說：『你找我還有別的事嗎？』真莉只要想到她現在坐的這個位子郭嫣兒一定已經坐過，就只想快點下車。

『真莉——』子康嘆了口氣，神情痛苦地說：『我只是想跟妳說一聲對不起！』

聽到他這句話，真莉心中湧起一陣酸楚。她憋住眼淚，衝子康冷笑一聲，說：『噢！求求你別說這種話，別把我弄哭，我已經不會再為你哭了！你瞧你！那麼痛苦幹嗎？好像你跟那個人一起是被迫的！』

『我一點都不想傷害妳！』子康憂鬱地嘶嘶嘴。

『但你已經傷害了！』真莉憤然道。她不禁想起那天她拿著書去送給他時，他是怎麼對她的。他滿口都是謊言，只想擺脫她。

『妳以為我很好受嗎？』他的眼睛試探著她的目光。

她瞅了他一眼，嘲笑他：

『你好不好受我不關心，但你很享受啊！』

子康內疚的眼睛瞧著真莉，嘴巴顫動著，想說些甚麼又沒說，彷彿他是由衷地希望她原諒。

真莉猜不透子康為甚麼等到現在才跑來跟她說這些話。這些書、這些唱片，還有這些信，他根本就不用急著今天晚上拿過來給她。要坐不列顛尼亞號走的又不是他！他為甚麼在大雨滂沱的一九九七年七月一號來這裡挑起她的傷心事？只有一個原因——他難道還愛著她？他跟郭嫣兒分手了？

哼！他以為她是甚麼！他以為她還是傻傻地等著他嗎？真莉想到這裡，不禁感到一絲惱火，但她裝作一點也不在乎，挖苦他說：

『你為甚麼半夜三更跑來這裡跟我說這些話？你不會是剛剛跟郭嫣兒吵了一架，想來找我傾訴吧？』

真莉這樣說只是因為心中惱火，想找些話來奚落子康，沒想到子康聽到她這麼說，臉色陡然一沉。雖然他很快掩飾過去，但真莉還是看到了。

『哼！原來我說中了。』真莉不禁怒從心頭起。她真後悔下來見他！瞧他那副裝得餘情未了的樣子，她想再賞他一記耳光，就當作是慶回歸吧！她一隻手攥成拳頭卻又放開了，發覺他一點都不值得她兩個巴掌。她的手再也不想碰到他。她望著他的臉，突然之間，她發現她對他最後的一絲感覺都消失了。沒有傷心，也沒有生氣，也許只有失望。就在失望的時候，她的決心漸漸冒出來了。她發現她一點都不愛他了。

『既然你沒話要說，我走了。』她看了他一眼，平靜地說。他不解地看著她，覺得她好像跟以前不一樣了。她轉過頭去開了車門，打開雨傘走下車，奔跑回去公寓大堂裡，明白自己以後都不會為他難過了。

真莉回到家裡，用一條大毛巾抹著身上的雨水，她坐在床上，盤起一隻腿，把文件袋裡的東西倒出來，看到了那疊信。她翻動著一封封信，瞟一眼上面的姓名和地址，都是些看來很普通的信，那些繳付電費或水費甚麼的信，現在拿去寄已經太遲了。子康沒拆開過這些信。

然後，真莉挑出了那四個灰色的信封，上面娟秀的小字全都寫著同一個地址，收信人是林泰一。子康偷看過，說是一個女孩子寫給以前男朋友的。

『以前男朋友……』真莉看著信封上的名字思忖。

偷看別人的信讓她有點良心不安，但是，既然子康已經偷看過，那就沒關係了。事隔快一年，她只想看看裡面寫些甚麼，反正拆開了的信也沒法寄回去了啊！

她小心翼翼地打開其中一個信封，把裡面的信紙展開來，跟信封上一樣的小字映入她眼簾；『親愛的泰一』這封信頭一句就問他有沒有收到她前幾天寄出的信。

『喔，這不是第一封！』真莉想道。然後，她把其餘三封信都一併展開來，瞄了一眼信上的日期，決定順著次序唸。她又瞄到信上的署名是紫櫻，真莉一旦開始唸，就再也沒有良心不安的感覺了。

真莉好奇地唸第一封信：

我們的房子賣了，暫時搬過來跟爺爺奶奶一塊住，我不喜歡這裡，房子很舊，屋裡昏昏暗暗的，夜裡常常聽到狗吠聲。前幾天我問爺爺附近有沒有郵筒。他說公園旁邊有一間郵局，走路去要十五分鐘。可是，昨天晚上我回來的時候，看到附近街口就有個郵筒。我告訴爺爺，他竟然說不可能。郵筒還有假的嗎？爺爺真是的！我看他是老糊塗了！

『郵筒是我們放在那裡的呀！』真莉心裡覺得好笑。她繼續唸下去，發現這封信寫的都是紫櫻和她爺爺奶奶的瑣事，有點乏味。她決定唸第二封信。

附近在拆房子，白天很吵。

『是我們拍戲的那幢舊樓！』真莉心裡說，又接著唸下去。

所以，我都在晚上寫信。不知道為甚麼會寫信給你，然後又等著你的回信。以前的我不會這樣啊！我記得你有一本《愛在瘟疫蔓延時》，我翻了翻，不明白你為甚麼喜歡。你笑笑說你也不知道。人就是會做自己不知道為甚麼的事吧？

『喔，他也有一本《愛在瘟疫蔓延時》！』真莉愈唸愈感興趣。接著又唸第三封。

還沒收到你的信，不知道要不要再寫下去！你一定覺得我很無聊吧？三個禮拜之後，我就會跟爸爸媽媽一起去紐約。到了那邊之後，我也許會再念書。臨走前會見到你嗎？

『天啊！那她不是已經去了紐約嗎！他不可能見到她，他根本收不到她的信啊！』真莉連忙接下去唸第四封信。

你好可惡喔，就是不回我的信。你是非常非常的恨我吧？不管我做甚麼，你也不會原諒我了。到現在還是不知道為甚麼會寫信給你，也許因為我要走了，許多話無法在電話裡說得清楚，而且你也不一定會聽我說。寫信給你，即使沒看到你的回信，至少知道你會讀到我的信啊！我和小克已經分手了。

『為甚麼會殺出一個小克來？』真莉心裡想。

跟他一起，因為他是你最好的朋友。好想好想向你報復，看你有多愛我，因為我是曾經那麼討厭你好像一點都不在乎我啊！現在說出來，你一定覺得我很幼稚吧？

也許，你最在乎的是藍貓，藍貓比誰都重要！

『藍貓是一隻貓嗎？沒理由貓比女朋友重要的啊！』真莉心裡想道。她又換了一個比較舒服的姿勢，頭靠在床背上繼續唸下去。

所以，你是不會再理我的了！

下星期我就要去紐約了。爸爸說，看看九七之後甚麼狀況，才決定回不回來，不過，我們應該不會回來了，爸爸的生意在那邊，媽媽的家人也全都在那邊。

離開也好啊！從今以後，你也許不會再那麼恨我了。這幾天都在收拾行李，要帶走的東西太多了。臨走前，可以見個面嗎？八月二十號夜晚八點鐘，我會在文華酒店的咖啡室等你。不管你來不來，我都會在那兒。

『噢！他不會去！他沒收到信啊！她是白等了！』真莉皺起眉頭想道。她唸這些信完全是出於好奇，本來打算唸完就扔掉，可是，良心不安的感覺此刻又回來了。她感到一絲歉疚，她沒想到是這麼重要的信啊！要是她當天就拿去寄，也許還來得及讓他們見上一面呢！

真莉一開始唸這些信的時候，心裡是同情紫櫻的，紫櫻並不知道自己的信全都陰差陽錯地投進了一齣戲的郵筒裡，是寄不出去的啊！然而，唸完最後一封信，真莉卻同情起泰一來。泰一多可憐啊！女朋友竟然搭上了自己的好朋友。雖然郭嫣兒不是真莉的好朋友，但是，真莉覺得自己了解那種被出賣的痛苦和憤恨。

『他還不知道她已經跟那個小克甚麼的分了手啊！要是他知道，他那天會不會去文華的咖啡室呢？』真莉心裡想著，假如她是泰一，她會怎麼做？一陣內疚浮上真莉的心頭。她想起泰一根本就連考慮去不去的機會都沒有！他也沒機會跟紫櫻道別！他說不定以為紫櫻仍然跟那個小克一起啊！

『我可以把這些信還給他！』這個念頭突然從真莉腦子裡冒出來。她摟著那四封信想道：『這些信上面有地址，我寄回去給他不就可以了嗎？他不會知道是誰偷看過這些信，頂多會覺得奇怪。他一定還有辦法找到紫櫻的，或者寫電郵，或者打電話甚麼的，告訴她，他最近才收到這些信！』

然而，真莉的良心再一次責備她。她皺了皺眉頭想道：『不，萬一這一次又寄失了怎麼辦？他住在摩星嶺，離這裡不遠喔，我索性親手把這四封信放在他的信箱好了，那不一樣是神不知鬼不覺嗎？或者，我可以親手交給他！不，不行！那不就等於承認我偷看過！我可以說是另一個人偷看，這是事實啊！是……是一半的事實……不行！換了是我也不會相信！但我可以解釋啊！我可以告訴他我們暑假在那兒拍戲才會發生這件事！喔！「收到你的信已經太遲」，多詭異啊！不，我還是放在信箱裡好了！』

真莉把那四張信紙小心翼翼地折疊起來，塞回去原來的四個信封裡，然後放在床邊的書桌上。她看看窗外，大雨一直下個沒停，而且現在已經很晚了，她決定明天偷偷把信拿回去。那麼，這件事以後就跟她沒關係了！真莉甚至還開始覺得自己做了一樁好事。要不是她那天機警發現這些信，泰一一輩子都不知道有這四封信呢！這個念頭頓時驅散了她心中的內疚。

唸完這些信，真莉覺得心情沒那麼沮喪了。她說不出來為甚麼，也許是因為子康已經不像以前那麼能夠傷害她了，也許是因為她發現有個人和她一樣，被身邊的人出賣了。他是不是在家裡養了一隻藍貓？但是，貓又不是熱帶魚，才沒有藍色的！真莉想起，在剛剛唸過的信裡，有一句『你最在乎的是藍貓！』，指的似乎不是一隻貓呢。

真莉打開床頭那張書桌的抽屜，在裡面找到一個長方形的米黃色文件袋，她把信封上的地址用筆抄在文件袋上面，最後寫上『林泰一收』四個大字，然後把那四封信放進去，繫上封口的紅色繩子。她挑起眼眉，噘著嘴忖道：

『「藍貓」聽起來多像一家無上裝酒吧啊！』

3

到了第二天，傾盆大雨依然下個不停。真莉帶上那個米黃色的文件袋，撐著一把傘，下了巴士，走在一條下坡道上。背後的雨水急沖下來，真莉每一步都走得很艱難，她感到背部全濕了，那件汗衫濕淋淋地黏著背脊，褲子也黏答答的。真莉開始後悔挑了今天過來，反正那些信已經遲了，也不在乎再遲一兩天。

真莉終於走完了那條坡道，她拐了個彎，來到海邊一條清靜開闊的路，路的兩旁都是些兩三層高的房子。真莉逐個門牌找，終於來到一幢白色水泥與麻石圍牆的古老大宅外面，圍牆頂豎起了一排孔雀藍色的鐵欄柵，水泥牆上鏤空了一個一個的圓圈。真莉把頭湊上去，隔著那些圓圈往裡看，看到一幢兩層高的平頂大屋，旁邊還有一幢小屋。那幢大屋和那幢小屋的外牆同樣是白色水泥與大麻石相間，窗子窄窄的，用的是黑色鐵窗框，這種窗框現在已經沒人用了。大屋外面是一個很大的庭院，屋前的門廊上有幾級寬闊的台階，然後才到達那扇通往屋內的木門。台階兩旁擺著幾株矮矮的盆栽，花葉在大雨中搖搖晃晃。那幢小屋的地下看來是車房，停著兩部車。真莉不禁在心中驚嘆道：

『天哪！他住的地方真漂亮！要是我住在這裡，失戀也沒那麼難受！』

她把頭縮回來，躲到大宅那扇黑色鏤花鐵門旁邊的一個凹位，那兒剛好伸出個水泥簷棚可以避雨。真莉收起雨傘，抹了抹身上的雨水，把臉湊到那扇鐵門上，踮高腳尖瞇起眼睛隔著門上的縫隙往裡看，裡面靜悄悄的。剛剛她隔著圍牆看進去已經發覺沒有人，這下更確定屋外連個人影兒都沒有，屋裡也沒亮起燈。

真莉把目光收回來，抹了抹鼻子上的雨水，回身看到她躲雨的那個凹位的水泥牆上有個信箱口，窄窄長長的，上面有一塊小銅片刻著『信箱』兩個字。

真莉把那個米黃色的文件袋從背包裡掏出來，核對了一遍上面的地址。確定地址沒錯之後，她提心吊膽地四處張望，肯定一個人也沒有，就躡手躡腳把文件袋塞進信箱裡。突然之間，她背後響起一個聲音。

『喂！小姐，妳在這裡幹甚麼？』

真莉嚇得整個人抖了一下，一顆心幾乎蹦出來，手裡的傘頓時掉到地上。她驚魂甫定轉過頭來，看著面前的一個陌生人。只見他獨自一個人，站在離她幾步之外，目光好奇地打量她。他看上去有二十三、四歲，個頭高大，肩膀寬闊，穿一件深藍色的連兜帽長袖汗衫，裹在那雙長腿上的米色棉褲被雨水淋濕了。他肩上掛著個黑色背包，手裡打著一把黑色的雨傘，拿著傘柄的那隻手高舉在頭上，真莉覺得從來沒見過男孩子打著傘的模樣這麼瀟灑。

他一大步就敏捷地跨到簷棚底下來，接著收起手裡的傘。兩個人的目光接觸的時候，他狐疑地皺了皺他兩道烏黑的劍眉。他理了個時髦的小平頭，很配他蜜糖般的皮膚。他那雙大而烏亮的眼睛越過真莉的肩膀瞄了一眼她碰過的那個信箱。真莉不禁倒抽一口氣。然而，他這時卻彎下腰去撿起真莉剛剛掉在地上的那把傘，好像有點抱歉他把一個女孩子嚇成這樣。

『妳是不是找人？』他問真莉。

『不，不是，謝謝！』真莉從來就沒這麼驚慌過，她抓緊那把傘打開來，急匆匆走出簷棚底，一溜煙地在雨中飛奔。她拐了個彎，看到一輛在路上拋錨的汽車，汽車亮著壞車燈，車上沒有人。她停下腳步，雙腳有點發軟，於是扶住那部車急喘幾口氣。她邊喘氣邊回頭看了一眼，那個男孩子沒有追上來。

她慢慢爬上那條通往車站的坡道，一顆心仍然怦怦跳，想道：

『嚇死我了！我剛剛那個模樣一定像個瘋子！』

她儘量讓自己靜下心來。信已經塞進那個信箱去了，她該做的都已經做了。除了那個男孩子，沒有人看見她。他會不會就是林泰一？不會那麼巧合吧？即使是他又怎樣，他也不一定看到她把信放在郵箱裡啊！

真莉慢慢走到車站，搭上一輛巴士。她坐下來，感到心跳沒那麼急促了。她想起那個男孩子問她說：『妳是不是找人？』，他的聲音有點耳熟，可真莉想不起在哪裡聽過，剛剛雨聲那麼大，她又慌張，並沒有聽得很仔細，她只覺得用了那麼大的氣力奔跑，她口好乾，要是現在就能喝一口水多好啊！

4

雨水差不多淹沒了整個七月和八月。路克書店那條長巷變得很冷清，人們怕淋雨都不來了。那家法式小店和越南小餐館的露天桌椅已經很久沒擺到街上。真莉起初有點擔心路克會因為書店生意不好就減少她的工時，但路克還是跟以前一樣，由得她喜歡甚麼時候來，甚麼時候走。

到了九月初的那兩個星期，路克書店的生意突然又好起來。黛安娜王妃在法國出車禍，死在艾爾瑪隧道裡。剛出版的雜誌紛紛拿她的照片做封面，客人都湧到書店來買，連法國人都同情起這位英國王妃來。

真莉一九九七年的暑假，就在幾乎不曾停歇的雨聲和一片黛安娜的傷感中過完了。

大學九月初開學的這一天，天色難得放晴，真莉上完上午的幾節課，匆匆跑去儲物櫃找她的學生證。她的學生證不在家裡，不知道會不會是暑假前留在了儲物櫃裡。現在，她的儲物櫃又塞滿了東西，她找了很久，始終找不到那張學生證，覺得有點心痛。那張學生證是用三年的，她今年都要畢業了，偏偏這時才丟失了，要付錢補領一張。她嘆了口氣，心裡想道：

『也許當我不找它的時候，它會突然出現，但是已經太遲了啊！』

真莉放棄再找那張學生證了，她找出她的游泳衣、毛巾和洗髮精。曼茱約了她放學後去游泳，說是難得今天天氣這麼好。

自從跟子康分手之後，真莉和曼茱比以前親密多了。曼茱是個聊天的好對象，她是那種你跟她聊完天之後不會記得自己聊過些甚麼的人。跟她聊天雖然沒有甚麼深度，可也沒有甚麼包袱。何況，曼茱很會做人，那張娃娃臉總是笑嘻嘻的，肯幫朋友開小差。真莉本來有點不喜歡曼茱包打聽的作風，但是，後來她發現，那只是曼茱用來跟人打開話匣子的方式。曼茱希望別人都喜歡她，這跟真莉很不一樣，真莉覺得這個世界上只要有一個人愛她就夠了，哪怕會得罪全世界。要是得到全世界的掌聲，惟獨欠了那個人，那又有甚麼意思啊？

曼茱還有一點跟真莉不一樣。真莉是隻貓頭鷹，偏偏曼茱一過了夜晚十二點，眼皮就撐不開了。十二點後，真莉休想找她聊天。所以，曼茱從來沒聽過一休的節目。有一次，真莉跟她興致勃勃地提起一休，曼茱卻傻兮兮地問她：

『是不是一休和尚？』

曼茱有個年紀比她大十五歲的男朋友，這也是真莉沒法想像的。真莉見過這個叫李忠道的男人，人如其名，一副老實忠厚相，常穿西裝，是一位工程師。真莉覺得忠道看起來就像曼茱的小爸爸。

這會兒，真莉穿一件綠色的游泳衣，身上披了一條大毛巾，跟曼茱排排坐在學校游泳池的邊邊上踢著水花，曬著五點鐘溫暖的斜陽聊天。

游泳池裡人很多，她們只游了幾圈就上岸了，然後開始討論畢業作品有甚麼可以拍的題材。以往的三年級生都要獨自拍一部短片，子康兩年前找真莉演的那齣『青椒女孩』就是他自己從頭到腳一手包辦。幸好，教授今年決定改變一下，隨他們一個人或是兩、三個人一組，合拍一部短片，組員得的分數是一樣的。真莉跟曼茱自然是一組。雖然真莉有點嫌曼茱拍片慢吞吞的，但也不可能那麼沒義氣甩開曼茱。兩個人一起拍片，畢竟舒服許多。

真莉和曼茱初步想拍的是紀錄片，那便不用寫劇本了，然而，拍甚麼故事，她們還沒想出來。她們曬太陽曬得人都有點懶洋洋，又開始聊起功課以外的事情。

『那個路克怎麼樣？妳跟他有機會嗎？』曼茱問真莉。

『他？』真莉撇了撇嘴角說：『沒可能啦！他上輩子一定是歌姬，成天唱歌說話娛樂別人，所以他這輩子不說話只聽歌。』

『他真的可以成天不說一句話？很難想像啊！我最害怕就是不愛說話的人！』

『他只會跟我說公事，有時一整天連看都不看我一眼。我猜他根本從沒留意過我穿甚麼衣服上班，他甚至沒留意我有沒有上班！』真莉說著也覺得好笑，她長得漂亮，從小就習慣了男孩子看她的讚賞目光，路克卻是個例外。她搖搖頭，又說：『他看來就像已經被七十個女人傷害過七十次了，所以覺得所有女人都是很可怕的！他那個酒窩真該讓給我，他都不笑的，放著不用，白白浪費掉。』

『喔，我一直想有個酒窩！』曼茱說。

『妳有喔！』真莉衝曼茱笑笑。

『我哪有？』曼茱摸摸自己兩邊臉頰。

『每個女孩子都有的呀！』真莉說著把手伸過去在曼茱的尾龍骨末節和臀部之間那兩邊凹下去的兩個地方戳了兩下，說：『就在這裡，很像酒窩，妳挺起胸照鏡子時就看得見的啊！要是太瘦便沒有！』

『噢，是嗎？』曼茱好像發現了新大陸似的，連忙挺起胸伸手去摸摸自己背後那個地方，隔著游泳衣卻摸不到。『那個地方叫甚麼甚麼來著？』

真莉仰頭望著那片夕陽染紅了的天空，咧嘴笑笑說。

『我也希望有人能夠告訴我啊！』

『男孩子也有的嗎？』曼茱問。

『我——不記得了！』真莉輕輕的說完就甩開身上那條大毛巾，『噗通』一聲跳進水裡，濺起了許多水花。她像條魚似的一直潛泳到冰涼的池底裡去。她真的不記得了，現在關於子康的一切，都彷彿變成遙遠的往事。

5

真莉不知道這一切是怎麼發生的。前一天上藝術課的時候，她和曼茱坐在課室裡最後一排，前面的幾排密麻麻地坐滿了人。那是午後，真莉剛剛吃過飯，課室裡正在放一批古代藝術品的幻燈片，燈光調暗了，真莉有點昏昏欲睡。曼茱這時湊過來小聲跟她說：

『我想到拍甚麼故事了！』

『拍甚麼故事？』真莉兩隻手支著頭，懶洋洋地問。

『樂隊的故事。』

『樂隊？甚麼樂隊？』真莉起初聽到時覺得興趣缺缺。她從來就沒迷過樂隊，也算不上是音樂迷。她比較喜歡聽收音機和流行歌，聽到好聽的才會去買唱片。一休在節目裡播過的那些歌，她就大部分都去買了唱片回來。那時她才發現，一休選的那首歌，是整張唱片裡最好聽的。不過，即使是最動聽的一首歌，也還是聽一休播的時候動聽些。

『我想拍一支未成名的樂隊的故事。』曼茱特別強調『未成名』三個字。

真莉開始覺得故事有些苗頭了，未成名的故事都是好故事，包含了掙扎求存和滿懷希望的過程，也許還會有淚水和失敗。真莉喜歡未成名的故事；況且，成名的故事也不會輪到她們兩個電影系的學生來拍。

『妳已經找到樂隊了嗎？』真莉換了一隻手支著頭問道。她心裡始終有些遲疑，那麼多未成名的樂隊，不是每一支樂隊都有好故事的。

『我心目中已經有了喔！忠道和我去聽過他們唱歌，他們的歌滿好聽的！曲詞都是自己包辦！忠道以前也組過樂隊，不過，是念書的時候喔！』

真莉聽到這裡不禁咧嘴笑笑，沒想到穿西裝、架金框眼鏡的忠道以前竟然組過樂隊，實在看不出來他也浪漫過呢！

『忠道認識那個吉他手，忠道的媽媽以前是他奶奶的私人秘書。我和忠道前幾天跟他提過拍紀錄片的事，他沒答應啊，只說了聲「再說吧！」，忠道說富家子就是這種脾氣，所以別搞他，他不會幫我們做說客。他們一星期有兩天都在那家酒吧唱歌，我們一起去看看，妳再決定要不要拍這個故事吧！到時我們再試試說服他。』

『既然他們歌唱得不錯，為甚麼沒紅起來？』真莉問道。

『他們太多堅持吧？』曼茱聳聳肩，其實她也不清楚為甚麼，只是聽忠道這樣說，就像鸚鵡學舌那樣告訴真莉。

『就算我們想拍他們的故事，也不見得他們會答應啊！妳不是說那個吉他手還沒答應嗎？』

『去聽聽他們唱歌也無所謂啊！妳有沒有聽過樂隊的名字？在他們那個小圈子有點名氣的。』

『甚麼名字？』真莉憋住了一個呵欠沒打出來。

『藍貓。』曼茱說。

『藍——貓？』真莉幾乎大聲說了出來。

『噓！』曼茱嚇得連忙把一根手指比在嘴唇上。

真莉用手捂住嘴巴，壓低聲音問曼茱：『妳是說，那支樂隊叫藍貓？藍色的貓？』

『對呀！』曼茱點點頭，問道：『妳聽過這支樂隊嘍？』

真莉稍稍鎮靜了一點：『他們那個吉他手叫甚麼名字？』

『好像叫甚麼一……』

真莉當下完全從昏昏欲睡中醒過來了。『是泰一！』她心裡想道。她記起唸過的那封信上說『你最在乎的是藍貓。』，指的原來是一支樂隊。曼茱說他是富家子，那準沒錯，他住在摩星嶺那幢古老大屋裡呢！泰一已經看到了那些信麼？真莉覺得自己的心情就好像明明從手上扔出去一只飛碟，卻不知道為甚麼吹起一陣逆風，那只飛碟竟又朝她飛回來。她本來以為那天把信放進信箱裡之後，這事以後就跟她無關。

她不禁想起去年當暑期工的那齣電影『收到你的信已經太遲』，雖然是齣鬼片，但並不恐怖，挺浪漫淒美；但是，自從拍了這齣電影之後，發生的事彷彿一樁接一樁——先是她在假郵筒裡發現那些信，然後是她跟子康分手，大半年之後，這些信又回到她手裡，她本想扔掉算了，看完之後卻同情起那個人，靜悄悄拿去還給他，現在，她竟然再聽到那個人的名字。真莉覺得，電影拍完了，故事卻還沒完，只能又說一句：『真詭異啊！』

『妳說甚麼詭異？怎麼樣？明天要不要去看喔？』曼茱問道。

真莉點點頭。她很好奇那個泰一是甚麼人？他有沒有去紐約找紫櫻？要是真莉見到他，她當然決不會跟他提起那些信的事。

這就是昨天發生的事。這會兒，九月底的一個晚上，真莉和曼茱來到這家叫『天琴星』的酒吧門外。她從來不知道中區有這麼一家酒吧，在地窖裡，地點有些隱蔽。真莉和曼茱前面排了二十多個等著進酒吧去的女孩子，她們打扮新潮，彼此熟稔，看來是藍貓的歌迷。真莉和曼茱付了錢買票，沿著彎彎曲曲的長樓梯走下去之後，看到的卻是另一番天地。

長方形的酒吧共分兩層，一盞盞枝形玻璃吊燈從挑高的天花板垂吊下來。地下這一層左邊有一排閃亮亮的吧台，幾個調酒師正忙著。一直往前走就是舞台。一支四人樂隊正在台上表演，唱的歌很吵。這四個男孩子臉上全都塗了油彩，根本看不到他們的真面目。

『他們就是藍貓？』真莉不禁失望地問曼茱。她想，這下她看不到泰一的樣子了。

『不，這支樂隊叫面具！他們宣稱要唱到千禧年那一刻才脫下面具見人呢。』曼茱說。

『多遠的事啊！』真莉拿著手上的飲料券到吧台那邊要了一杯血腥瑪莉。自從喝過白蘭地之後，她有點愛上喝酒，也不那麼容易醉了。

『妳要喝甚麼？』她問曼茱。

『我要檸檬可樂好了，我喝酒會醉。』曼茱說道。

真莉和曼茱拿著飲料沿著一道熠熠閃光的樓梯走到酒吧上面的一層。這一層用玻璃欄杆圍了起來，斜斜對著舞台。真莉和曼茱擠到欄杆前面，手抵著欄杆欣賞舞台上的表演。真莉以前也跟子康一起泡過酒吧，可她從沒踏足過一間這麼熱鬧迷人的酒吧。她啜了一口血腥瑪莉，有點微醺的感覺。她想，以後她甚麼酒都能喝了，除卻白蘭地。她還記得有天晚上喝了半瓶白蘭地之後倒在浴室的地上吐得死去活來。白蘭地跟失戀的那段日子彷彿畫上了等號，她再也不想嚐到那股辛辣的味道了。

『我以後都不喝白蘭地。』她心裡想道。

面具樂隊愈唱愈狂野，主音和吉他手在台上跳來跳去，甚至趴在地上唱歌，後來更脫去上衣甩到台下，引來觀眾席上的一陣尖叫。真莉不喜歡他們的歌，她覺得太吵了，內容也很空洞。她已經換了第二杯血腥瑪莉，又回到上層去，一心只等著藍貓出場。

面具終於唱完了，真莉望著那四張塗花了的臉孔在燈光暗淡的台上消失，頓時覺得耳根清靜了不少。

『一定是他們長得很醜！』曼茱望著空空的舞台說。

『妳是說藍貓？』真莉沒聽得很清楚，只聽到後面幾個字。

『我是說面具，所以他們才會戴面具啊！』曼茱大聲說。

『可他們卻不介意露出兩點呢！』真莉笑著說。

『那兩點誰都一樣哪！我是說男生！』曼茱仍舊扯大嗓門說。

『噓！』真莉把手指比在嘴唇上。這會兒，台上的燈光亮起來了，後台走出來三個男孩子，其中一個長得特別高大。抱著電吉他的兩個人站到台前，另一個坐到那套鼓後面，拿起了兩根鼓棍準備。真莉心情有些緊張，不知道他們哪個是泰一。坐在前排的幾個女孩子這時大聲喊：『山城』、『柴仔』和『泰一』。

『噢！對了！那個吉他手叫泰一！好像是姓林的！』曼茱指著台上其中一個人說。

『真的是林泰一！』真莉俯視的目光望著他。她握著酒杯的雙手抵住上層的欄杆。他長得很高，理了個小平頭，穿一件翻領的深藍色汗衫和一條直筒牛仔褲，踩著一雙布鞋，正低頭調撥身上那個吉他的弦線。她看著他的時候，他剛好也抬起頭，兩個人的目光相遇時，他朝她笑了笑，揚起的下巴和輪廓在五彩的燈光下顯出優美的線條。他依然望著她，好像被她吸引了過去。她靦腆地朝他笑了笑。她覺得彷彿在甚麼地方見過他，卻想不起來了。但是，想起自己偷看過這個人的信，真莉不免對他滿懷好奇，那種感覺就好像這個人雖然穿著衣服站在她面前，她卻早已經在他不知情的時候看過了他赤裸的胸膛。這一刻，他卻又偏偏怔怔地望著她。然後，他目光離開了她，低下頭去，彈起第一個音符。

另一個吉他手這時站在那根直立的麥克風前，一邊彈吉他一邊唱歌。真莉不知道他是山城還是柴仔，他比泰一要矮一些，長了一張討好的孩子臉。

『泰一不是主音嗎？』真莉問曼茱。

『山城才是，泰一是吉他手，但他也會唱啊！歌和詞都是他寫的。山城是不是長得很可愛？噢，打鼓那個是柴仔。』

真莉看了看柴仔，他打鼓打得很起勁，樣貌和身材卻像個發育不良的男孩，真不知道他哪來那麼大的氣力打鼓。

『他們只有三個人麼？』真莉問道。

『好像是的。』曼茱邊說邊跟著歌聲搖晃身體，一副她很陶醉的樣子。

真莉靜靜地聽著，雙腳跟著音樂在地板上踏拍子。她覺得藍貓的歌比面具好聽多了。她一首一首歌聽下去，不知不覺沉醉得忘了自己在何地何方。藍貓沒有誇張的身體動作，狂暴的旋律和細緻的歌詞卻又配合得天衣無縫，唱到人的心裡去。那是一首首傾訴青春、傾訴失落和挫敗的歌。她心裡不免對台上那個埋頭彈著吉他的泰一另眼相看，覺得他挺有才華。

這時，山城的歌聲戛然而止，只剩下吉他聲和鼓聲。真莉看到泰一挪到麥克風前面。他身材修長，那根直立的麥克風顯得矮了些。

『輪到他唱了。』真莉啜著酒杯裡的血腥瑪莉想。

泰一嘶啞的嗓音一唱開來，真莉端著的酒杯頓時停在嘴邊。她覺得這把聲音她彷佛在甚麼地方聽過。『我是不是聽過他唱歌？』她心裡想道。她望著台上的泰一，一大片汗水沾濕了他身上的汗衫，他似曾相識的歌聲在她耳邊繚繞，有點像春霧飄飛，她幽幽地想起了去年聖誕那段最難熬也最悲傷的日子。她大口喝光杯裡的血腥瑪莉，淹沒在他憂鬱的嗓子裡，一時之間拔不出腿來。她搜索枯腸，想不起在哪裡聽過這把聲音。她望著泰一，想從他臉上找些線索，想再仔細聽清楚，他卻已經從那根麥克風前面挪開了。這時他又抬頭看了她一眼。

『怎麼樣？妳喜歡他們的歌吧？』曼茱碰了碰真莉的手臂，打亂了她的思緒。

『他們有沒有出過唱片？』真莉望著泰一的身影問道，他已經從那根麥克風挪開了，回身繼續彈著吉他。她不知道是不是在唱片店聽過他們的歌，所以覺得那把聲音有點耳熟。

『沒有哪！』曼茱說。

真莉有點迷惘，那麼，她以前應該從沒聽過藍貓的歌了。

『待會我們一起去說服泰一，希望他答應吧！另外那兩個人看來都聽他的。』曼茱說道。

真莉點點頭，她沒想到血腥瑪莉的酒勁那麼厲害，她現在覺得臉有些發燙，眼睛也有點醉。

等藍貓一唱完，曼茱匆匆拉著她的手跑到後台去。她們在後台燈光暗淡狹長的走道上見到了泰一、山城和柴仔三個人的背影，看樣子他們正要離開。

曼茱連忙跑上去，擠到他們身邊，那張娃娃臉露出甜美的笑容說：

『泰一！我是曼茱，李忠道的女朋友，念電影系的，你記得我嗎？你們今晚的演出很精采啊！我跟你提過拍紀錄片的事，你會不會考慮一下？』

泰一聳了聳肩，顯出一副興趣缺缺的樣子。他甚至沒停下腳步，彷彿即使曼茱說破了嘴皮，他也不願意。

曼茱急起來，眼睛四處找真莉，才發現她站在後面，她連忙揮手要真莉過去一起說服泰一。

『你再考慮一下嘛，我們不會礙著你們的。這是我同學沈真莉。』曼茱纏著泰一說。

泰一臉上的表情這時起了微妙的變化，他停住腳步扭回頭，看到了匆匆趕上來的真莉，兩個人目光相遇的時候，他迅速上下打量她一眼。

『天哪！我見過他！』真莉心裡叫道，慌亂得拚命眨眼睛。這一刻，她跟泰一只隔著幾英寸的距離，比起他站在台上更近了。她想起那天在摩星嶺那幢大屋外面見過一個男孩子，也是這麼高，也是理個小平頭，跟他很像。要不是現在知道他就是泰一，她也許還不敢那麼肯定。但是，既然泰一住在那兒，她那天見到的人十有八九就是他了。

『鎮靜些！鎮靜些！那天匆匆見過一面，雨又下得那麼大，昏天暗地的，他不可能認得我！』真莉思忖道。她裝出一副在今天之前從沒見過泰一的樣子。

曼茱見她傻呼呼地站著不說話，只好厚著臉皮繼續唱獨腳戲。

『我們真的很想拍藍貓的故事呢！這是我們的畢業短片啊！』

『我們可是要收費的呀！』山城在泰一身邊咧開嘴笑笑說，又抓住柴仔笑呵呵地朝他肋骨捅了一下。

『就是啊！幫妳們拍片有甚麼報酬？我們很貴的啊！』柴仔抓住山城那隻捅他的手說。

『你們兩個是不是一起拍？』泰一突然問曼茱。他說這話時，那雙清澈的黑眼睛瞄了瞄真莉。

『對啊！』曼茱說。

『好吧！』泰一抬了抬下巴，爽快地答應。

『太好了！謝謝你啊泰一！』曼茱喜出望外地叫了出來。她幾分鐘前還以為泰一不會答應，不明白他為甚麼突然改變主意。她相信也許是自己打動了他。

真莉在旁邊聽著他們說話，終於想起在甚麼地方聽過泰一的聲音了。她那天在摩星嶺的大屋外面聽過嘛！他當時好像問她是不是到那裡找人。

『那我們甚麼時候可以開始？』曼茱急急問。

『明天吧！』泰一說。

『明天？明天也好，不過，我想我們要跟你們聊聊，了解一下你們的生活，多點認識藍貓，然後才正式拍攝，那會比較好。真莉，妳說是不是？』

真莉傻呼呼地咧嘴笑笑點頭。她喝了酒，這會兒有點昏昏然，覺得甚麼都好像輕飄飄的。泰一也讓她感到有點不自在，她畢竟知道了他的一些私隱啊！雖然她在他面前假裝不知道，卻沒法騙自己。她惟有儘量少說話，讓曼茱去說好了。

『那我們還有甚麼私隱啊！真的要拍麼？』柴仔哭喪著臉說。

泰一伸手過去把比他矮了足足有一個頭的柴仔抓過來，把他鉗在臂彎下面。柴仔笑嘻嘻地掙扎，卻掙不脫。

『明天還是來這裡找你們嗎？』曼茱問。

『明天來我家吧！我們三點鐘開始練習。』泰一說。

『你住在哪兒？真莉，妳有紙筆嗎？』

『得了，我的地址很容易記。』泰一依然鉗住柴仔的脖子不放，柴仔也依然掙扎著，可惜就像老鼠想從貓爪裡掙脫出來一樣徒勞。

泰一朝真莉看了一眼，然後開始說。真莉覺得泰一彷彿是單單對著她一個人唸出他摩星嶺那個地址的。她早就知道他的地址，但她還是假裝若無其事地把地址記在她隨身帶著的那本筆記簿上。

真莉寫完了，抬起頭來，發現泰一的眼睛還沒離開她，好像他剛剛一直看著她抄下那個地址，一直在那兒觀察她。

『那明天見。』曼茱說。

泰一似笑非笑地把目光收回去。他鬆開了柴仔，柴仔馬上一溜煙地朝走道盡頭那扇敞開的後門奔出去，泰一和山城在後面追著他，三個人很快就消失在那扇門後面。

真莉覺得泰一看她的眼神讓她猜不透。他不會是認得她吧？『不可能的！我認得他是因為我知道他住那兒，我也知道他是誰。他沒可能見過一眼就認得我！一定是我自己做賊心虛！』她思忖。然後，她又想：『反正猜不透，乾脆別去瞎操心了。』

『起初還以為他不肯呢！』曼茱把真莉的筆記簿拿過來看，望了望上面的地址說：『摩星嶺在甚麼地方？我從來沒去過呢。真莉，妳知道怎麼去嗎？』

『我當然知道怎麼去！我去過啊！』真莉心裡笑笑地想，朝曼茱說：『噢，我會，那邊很靜的，還要經過一個墳場。』

『天哪！墳場？幸好他不是要我們晚上過去！』

『那個墳場也沒甚麼，過了墳場，就可以看到海。』真莉說，她還記得那天是七月一日香港回歸，她給雨打得渾身濕淋淋的，沒想到走了一圈，竟又會再回去。她已經不太記得那幢大屋的模樣了，只記得它坐落在海邊，像黑白電影那麼古老。她很好奇，裡面到底是甚麼樣子的。她也很好奇，泰一是個甚麼樣的人。他們的音樂那麼出色，為甚麼就沒有紅起來呢？這個故事跟她前一天想的有點不一樣，她沒想到藍貓是一支那麼棒的樂隊。泰一嘶啞的歌聲依然在她心裡迴蕩，那聲音她真的只是在那幢大屋外面聽過嗎？她覺得好像也在甚麼地方聽過。

『遲些我會想起來的！』她告訴自己。

6

到了第二天，真莉跟曼茱來到摩星嶺。兩個人下了巴士，跑過一條寬闊的馬路，這會兒正走在那條通往海邊的下坡道上。真莉覺得天氣好像有心作弄她似的，她上一次來的時候下著滂沱大雨；這一天，雖然已經是九月底，日頭卻很猛烈，她熱得臉頰泛紅，很後悔沒戴上她那頂遮陽草帽。

幸好，曼茱昨天晚上已經從忠道和忠道媽媽那兒打聽了一些林泰一家裡的事，一路上轉述給真莉聽，真莉可以暫時忘記烈日和淌著細細汗水的頸背。

『泰一的爺爺奶奶可是個人物呢！妳一定聽過他們的名字。』曼茱說。

『他們是誰？快講給我聽聽吧。』

『他爺爺是五、六十年代的電影大亨林文宣。』

『噢！是嗎？』真莉不禁瞪大了眼睛。林文宣在香港電影史上可是個響噹噹的名字，五、六十年代許多粵語片都是他旗下那家藝影公司出品的。藝影拍了無數齣經典電影，捧紅了不少電影明星。這些電影今天偶爾還可以在電視台的深夜節目裡看到。

『泰一的奶奶就是五十年代著名的電影明星蘇玲，結婚之後就息影了。』

『噢，她很漂亮呢！』真莉記得電影裡的蘇玲有一雙漂亮的大眼睛，身材頎長，專演能歌擅舞的千金小姐。她本人據說也是留學美國歸來的千金小姐。

『息影之後，她跟泰一的爺爺一塊在電影公司裡工作。直到七十年代粵語片式微，電影公司也結束了。』

『那他們現在做甚麼？』

『退休了啊！他們那時候賺的錢夠多了！聽說摩星嶺這幢大屋當年經常開舞會，最紅的電影明星都來過，那時可熱鬧了！沒想到我們今天也會來這裡呢！』

真莉饒有興味地聽著。五、六十年代她還沒出生。藝影公司、林文宣、蘇玲這些名字對她來說就好像一段久遠的歷史般。她甚至沒想過這兩個人還活著呢！他們這些年來從沒露過臉。她想起泰一那兩道烏黑的劍眉和那雙清澈的大眼睛，原來有點像蘇玲啊！

『忠道的媽媽當了林老奶奶的私人秘書十四年。她說林老奶奶人挺好！這麼多年了，還時不時找她聊天！不過，林老爺爺的身體這幾年倒是不太好。』

『泰一的爸爸媽媽也是做電影的嗎？』

『不，他爸爸是做生意的，生意做得很大。泰一的媽媽在他很小的時候已經不在了。』

『噢！為甚麼？』真莉驚得嚷了起來。

『病死的，是心臟病。所以，林老奶奶很疼泰一。她只有這個孫子，泰一小的時候，忠道的媽媽見過他。她昨天跟我說：「那孩子小時候很靜，沒想到他長大後竟會組樂隊呢！」』

真莉心想：『這就是遺傳啊！林老奶奶年輕時不就是能歌擅舞的嗎？』

『他有女朋友嗎？』真莉興致勃勃地問，希望聽他和紫櫻的故事。

『忠道怎會知道！他一定有很多女朋友啦！假如我是他，我起碼會有一打以上。』

『嗯！』真莉的希望落了空。

轉眼間，真莉和曼茱已經來到那幢白色水泥與麻石外牆的平頂大屋前面。真莉覺得屋子比她上一次來的時候有些不一樣。她想，也許是上次看它的時候下著傾盆大雨，她覺得它雖然漂亮卻有點孤清清的。今天天朗氣清，才看出它的味道來。比起附近那些新蓋的歐陸式豪華大屋，這幢古老大屋看上去有內涵多了。何況，真莉今天知道了大屋主人的身分，就更覺得這幢大屋別有氣派，愈看愈有點時光倒流的感覺，愈看愈像回到了黑白電影的那個世界。

『噢，就是這裡嗎？比我想像中要古老許多啊！』曼茱走上去，踮起腳尖隔著那扇黑色鏤花鐵門往裡看。

『也許就是粵語片那個時代蓋的，說不定在電影裡出現過呢！』真莉湊上去看了看，然後把目光收回來。她瞥了一眼鐵門旁邊那堵水泥牆上的信箱，心裡湧起了一絲奇妙的感覺。上一回，她來這裡偷偷把信塞進去這個信箱，沒想到今天竟然會堂堂正正的進去。她伸手撳了撳門鈴。

過了一會，一個身穿短袖白襯衫、黑西褲和黑皮鞋，一頭銀髮的大叔從車房那邊走出來。他皮膚黝黑，臉上的皺紋很多，有一雙皺褶的大眼睛和一個圓圓的下巴，神情溫和，看上去是這裡的司機。

『妳們找誰？』大叔隔著鐵門問真莉和曼茱。

『我們想找林泰一。』曼茱說。

『他跟我們約好了三點鐘。』真莉插上一句。

『哦，兩位小姐請進來。』大叔殷勤地打開那扇鐵門讓她們進去。『請跟我來。』

走進那扇鐵門之後，一條寬闊的車道在她們面前展開來，一直延伸到屋前一片綠油油的草地，草地中央有一片花叢，長滿了花。真莉和曼茱跟在那位大叔後面，穿過草地上那條用扁石鋪成的走道，來到屋前的台階，台階兩旁整齊地排列著大大小小的盆栽花卉，有白蘭花、鳳仙花和沙漠玫瑰。

一路走來，真莉和曼茱緊挨著彼此，兩個人就好像很有默契地為對方壯膽似的。她們都是頭一回見到這種世面，有點不知所措，也有點害怕自己會出洋相。

那位大叔領著她們踏上門廊前面的幾級大台階，來到門廳。大叔擰了一下那扇大木門的老舊把手，大門沒鎖，她們兩個跟著走進去。

真莉一踏進屋子裡，那種時光倒流的感覺就更強烈了。她腳下鋪的是從前流行的柚木地板，那一道通往二樓的扶手長樓梯也是柚木造的，她數不清總共有多少級台階，每一個台階都很寬闊。她舉目看上去，看到樓梯頂有一排欄杆一路延伸開去，然後在一堵牆後面消失。她猜那兒應該就是睡房了。

真莉的眼睛再往上看，一盞華麗古老的巨大水晶吊燈從挑高的天花板懸垂下來，落在大廳頂上。真莉想起曼茱說以前這裡經常舉辦舞會。她心裡想：

『許多大明星都在這盞水晶燈下面跳過舞呢！那場面多麼像一齣大電影！』

突然之間，『噹』的一下鐘聲嚇了她一跳，接著又是『噹——噹——』兩聲。真莉看過去客廳那邊，米白色的牆上掛著一個胡桃木製的古老大擺鐘，這會兒剛好是三點整，那個鐘在報時。

跟這個古老大擺鐘同樣有些年紀的，是大廳中央那張靠背連扶手黑色皮革長沙發。兩旁各有一張同款的單座位沙發，這套沙發的墊子有些陷下去了。沙發前面擱著一張長方形的木茶几，茶几上一只低矮的古董花瓶裡插著一大束白蘭花。那個花梨木電視櫃看來也是古董，連那台電視都有點古老，機箱小小的。真莉心想，這家人以前是拍電影的，如今倒好像連電視也不太看了。

真莉沒有再挨著曼茱壯膽了，她覺得這間屋子雖然大，可並沒有唬人的氣派，陽光從一列落地玻璃灑進屋裡，溫暖的氣息也湧進來。那位大叔帶她們兩個人穿過大廳和偏廳，經過一條走廊，來到一扇大門前面。門後面隱約傳來音樂聲，大叔抬起手敲了敲門，沒人應答。大叔好像已經習以為常，又再敲一遍。

這會兒，真莉聽到音樂聲停止了，那扇沉重的木門從裡面拉開一道縫，泰一探出頭來，正好跟真莉的目光相遇。真莉剛剛曬過太陽的臉蛋緋紅，容光煥發，那雙黑眼睛亮晶晶的，像森林裡的兩泓清水，熠熠閃亮。泰一不禁朝她咧嘴笑笑。

『泰一，這兩位小姐找你。』大叔一本正經地說。

『標叔叔，謝謝你。』

泰一把那扇門完全拉開來讓真莉和曼茱進去，然後把門帶上。她們兩個一進去那個房間，兩個聲音同時朝她們響起。

『嗨！妳們來了！』

『天哪！妳們真的來了？真的要拍嗎？我今天這身衣服不行！』

曼茱咧開嘴笑笑，憑著她不害羞的本事，先跟坐在一套鼓後的柴仔說：

『嗨！柴仔，你好呀！』

曼茱接著又朝抱著吉他、坐在一把高腳凳上，穿一件粉紅色襯衫和白色棉褲的山城說：

『我們不是今天拍！但你今天這身衣服挺好看啊！我不覺得會有甚麼問題。』

寬敞的房間燈光昏暗，落地窗簾都緊閉，免得陽光射進來。這間改裝成音樂室的房間裡放著一部電子琴、一套鼓、一台專業的錄音設備。一面牆前堆放著好幾十支電吉他，窗前放著一張米白色的長沙發，柔軟的布料看上去很舒服。真莉覺得這個房間跟外面的大廳彷彿相隔了三十年的歷史，這兒才是屬於九十年代的。

『泰一寫了一首新歌，我們正在練習。』柴仔說。

『哦，那我們坐在一邊聽好了。』曼茱邊說邊坐到那張沙發上，真莉拉了一把椅子坐在曼茱旁邊。

泰一重新拿起一支低音吉他，找了一把高腳凳坐下來。他叉開一條腿，低下頭調撥弦線，然後朝山城和柴仔看了一眼，三個人就像昨天在天琴星表演那樣，很有默契地開始了。

那段前奏帶點淡淡的哀愁，山城的眼睛望著面前樂譜架上的那張歌詞紙悠悠地唱起來。真莉靜靜地聽著，她聽著聽著不由得驚了起來。那首歌說的是一個男孩子收到舊戀人寫給他的信時已經遲了，他沒趕上見她一面，只能想像她幽幽的身影從此遠去。

『他把自己的故事寫成歌了，可他為甚麼要這個時候唱呢？』真莉裝作鎮靜地聽著，眼睛看著山城和柴仔，彷彿她還是頭一次聽到這個故事。然而，她眼角的餘光這時卻發現泰一正瞧著她。真莉慌得眼珠子滴溜溜亂轉，心裡想：

『他是不是望著我？還是我自己疑神疑鬼？這裡只有我和曼茱兩個觀眾，他當然是朝我們這邊看！』

片刻之後，真莉發現泰一的目光從她身上移開了，她鬆了一口氣，集中精神聽歌。那首歌充滿傷感的調子，他們唱了一遍又一遍，歌聲在房間裡迴蕩。真莉偷瞥了泰一幾次，他看來好像甚麼都不知道。她沒那麼害怕了，心裡帶著同情地想：

『這是首好歌，可我敢打賭他一輩子也猜不透那四封信為甚麼會來遲了！可惜啊，可惜我不會告訴他。』

她回想整件事是多麼荒謬，那些信投進戲裡的假郵筒去了。任憑一個人多麼有想像力也沒法想像真相會是這樣。要是有一天，她說出來，泰一也不會相信啊！真莉想著想著，嘴角不禁露出一絲詼諧的微笑。她忘形地抬起頭，才發現音樂聲已經停了，歌也唱完了，泰一高大的身軀聳立在她面前，彷彿他一直在那裡觀察她。她嘴角的笑容頓時凝住了，穿在露趾涼鞋裡的十個腳趾頭緊張得縮了縮。泰一卻只是挑挑眼眉，似笑非笑地面對著她坐到那張沙發上。她猜不透他看到了些甚麼。

『他頂多會以為我沒留心聽歌！』她忖道。

『這首歌叫甚麼？很好聽啊！』曼茱問。

『還沒有歌名。』泰一聳了聳。

『啊！不如叫〈舊情人的信〉！』柴仔從那套鼓後面探出身子說。

『你好土！』山城在那張高腳凳上轉了個圈，挑起一邊眼眉說：『有了！一封舊情信！』

『你見鬼去！這個跟我那個有甚麼分別！』

『妳有甚麼好提議？』泰一突然問真莉。他靠在沙發背上，雙手懶洋洋地枕在腦後，朝她送來一瞥，嘴角露出一個等待的微笑。

真莉吞嚥了一下，泰一為甚麼問她呢？彷彿他看出她的心有個想法似的。她眼珠子轉了轉，心裡的確有許多想法冒出來，卻不是在想歌名，而是她根本知道這首歌背後的故事，正想設法隱瞞自己知道的事實，因此才會煞費思量，反倒不小心說溜了嘴，就像神推鬼使地，她說：

『收到你的信已經太遲？』

『收到你的信已經太遲……不是齣戲來的嗎？山城，我是不是跟你看過？』

『還有泰一，我們三個一起看的！那齣戲的配樂很不錯，是吧，泰一？』

『噢！他竟然看過那齣戲！』真莉心裡好笑地想：『那麼，他一定看到戲裡長街拐角那個紅郵筒！太妙了！不過，他根本不會留意的！』

『那齣戲真莉也有拍！』曼茱興奮地說。

『妳演哪個角色？』泰一的眼神裡帶著好奇，似乎在努力回想那齣電影的情節。

『真莉不是演員，她做幕後，那齣戲是去年暑假拍的，對吧？真莉？』

『唔！』真莉點了一下頭說：『只是暑期工。』

『我看過原著小說。』泰一擱下枕在腦後的一雙手，蹺起二郎腿說。『原著感人些……』

突然之間，真莉想起這把聲音了！他的聲音帶點嘶啞而感性，聽上去卻又有些懶洋洋。

她一開始就覺得他的聲音有點耳熟，昨晚她還以為是那天在這幢大屋外面聽過他的聲音。其實，當時她只聽過一次，怎麼可能會記得那麼牢呢！

這是一休的聲音啊！她怎麼會笨得聽不出來呢！太像了！她含笑的眼睛定定地瞧著泰一，就好像跟一個久違的老朋友相見似的。這一回，輪到泰一被她看得渾身不自在了。他避開了真莉的視線，擱下蹺起的那隻腿站起來，朝山城和柴仔拍了拍手掌說：

『再來吧！』

泰一拿回他的低音吉他，三個人又開始認真地練習那首沒有名字的歌。真莉偷偷瞄了瞄泰一。她覺得腦子有點混亂，泰一怎麼會同時又是一休啊？她在腦海裡忙著思索整件事的來龍去脈——首先，去年八月，泰一只是個陌生的名字，寄給他的信陰差陽錯到了她手上；然後，也是去年，一休的聲音陪她度過了孤零零的十二月。到了這一年的一月一號凌晨，一休消失了。九個月之後，泰一突然出現。

『啊！這太複雜了！』真莉自忖。她一向不擅長分析，這會兒更覺得一連串發生的事情就像一堆毛線纏結在一起，要解開也不容易。她不禁有點懷疑自己的記憶，對於泰一是否就是一休，她再也沒有剛才那麼肯定了。何況，她就是無法把他們兩個想像成一個。在她看來，泰一開朗些，一休憂鬱些。泰一話不多，說起話來很爽快。一休說話總是帶著幾分尖酸和詼諧。泰一身材高大，真莉心目中的一休卻應該是個有點蒼白而且偏瘦的男孩子。

真莉不期然望向曼茱的側臉，曼茱正在搖擺著腦袋聽歌。她想，要是曼茱也聽過一休的節目，那該多好啊！她現在就可以問曼茱認不認得這把聲音，用不著自己一個人瞎猜。她禁不住噘起嘴在心裡罵了曼茱一句：『為甚麼她一到十二點鐘就要睡覺啊！』

真莉把目光收回來，瞥了泰一一眼。她心裡有了個決定——她現在跟泰一還不熟，等到跟泰一熟絡些，她要問他——雖然她自己有另外一件事情隱瞞著泰一，可她想不出泰一在這件事上有甚麼理由不對她說真話。

有了決定之後，真莉就可以撇開那些混亂的思緒，專心聽歌了。他們唱完了那首歌之後，接著唱其他的歌，房間裡蕩漾著歌聲、鼓聲和吉他聲。藍貓的風格多變，時而傷感、時而狂暴，真莉聽得出了神。

直到林家的傭人送來下午茶，這場隨意的音樂會才暫時停下來。那些精緻的小點心都盛在一個銀盤子裡。真莉還是頭一回吃到文華酒店的紐約乳酪蛋糕，這種蛋糕用上義大利的馬斯卡波涅乳酪做，濃香細滑，好吃得簡直是罪惡。柴仔打趣說，他是為了吃這個才來練歌的。山城露出一口漂亮的牙齒說，用文華酒店的玫瑰花果醬來哄女孩子才厲害呢！柴仔連忙補充說，這個玫瑰花果醬最好塗在文華的鬆餅上，那才滋味呢。不過，提到麵包，他最愛的還是香格里拉酒店珀翠餐廳那一籃子法國麵包，那兒的麵包好吃得讓你想做法國人，林家有時候就用這個做下午茶。曼茱適時告訴大家：

『真莉的法文說得很棒呢！她在蘇豪區一家法文書店兼職！』

真莉忙不迭更正說，她的法文只是一般。但山城說，會說法文的女孩子在男孩子心目中都會加分數，真莉樂得嫣然一笑。

『德文和義大利文就不加分數麼？』柴仔偏偏跟他抬槓。

『好吧，也加分數。』

『捷克文呢？』

『唔，也加分數。』

『毛里裘斯❷呢？』

『你見鬼去！你有完沒完呀！』

他們兩個逗得大家呵呵笑，真莉和曼茱一邊跟他們聊天一邊問些藍貓的資料，這些對她們日後拍攝很有用。大部分的時候，都是柴仔和山城回答問題，泰一很少說話。

他難得開口，真莉會馬上豎起耳朵聽，想聽清楚些他的嗓音是不是跟一休相似，可他每句話也說得很簡短。

『藍貓組成多久？』

『三年。』

『你們以前各自組過樂隊嗎？』

『嗯。』

『藍貓這個名字是不是有特別的意思，為甚麼叫藍貓？』

『貓樣的男生？』泰一皺了皺眼角，露出一個好玩的笑容。

『哎！他不愛說話，真拿他沒辦法！要是一休，一定會多說些。』真莉想道。

『你們是怎麼認識的？本身有其他工作嗎？為甚麼會一起組樂隊？』曼茱接著問。

『其實……哎……』柴仔看了看泰一，又看了看山城，羞人答答地說：『我們三個是戀人！』

真莉和曼茱對望一眼，忍不住噗哧一聲笑出來。山城兩道眉擰在一起，裝出一副

❷非洲東南面的島國。

吃驚的模樣。柴仔把他從沙發上拉起來，兩個人學著『春光乍洩』裡的梁朝偉和張國榮在音樂室跳起貼身舞來。真莉和曼茱笑彎了腰。泰一一邊笑一邊抓起吉他彈那首〈在一起〉，替他倆伴奏。直到他聽見下一個問題，臉上的笑容才突然消失了。

『藍貓一直都是你們三個嗎？』曼茱問。

『本來還有小克——』柴仔說到這裡連忙打住話，裝著甚麼也沒說過，繼續跳舞。

真莉瞥了瞥泰一，他也像沒聽到一樣，埋頭彈著吉他。真莉想起紫櫻在信上提過小克這個名字。小克是泰一的好朋友，不過，紫櫻後來跟小克一起。所以，紫櫻認為泰一一定好恨她。真莉恍然明白了，那以後，泰一跟小克自然再也不是朋友，小克離開了藍貓，四隻藍貓少了一隻。

真莉偷瞄泰一低下去的腦袋，心生同情，也有點同仇敵愾。她當初就是因為這個原因才把信送回來的。

『哼！』她心裡咒罵道：『小克跟子康是一個樣！好朋友的女朋友都在心中加分數，不嚐一口不痛快！』

可是，真莉對男孩子的心思不解。既然紫櫻用那種方式背叛了泰一，泰一又為甚麼會寫出一首歌，懷念她幽幽的身影？她一向認為男孩子在這方面是挺小器的。

柴仔跟山城那支貼身舞又再跳了一會，大家笑得前仰後翻，忘了剛剛的尷尬。真莉和曼茱繼續提問題，知道了藍貓每個星期有兩天在天琴星唱歌，也參加樂隊秀。曾經有星探和唱片公司找過他們，不過，他們拒絕了，因為對方不讓他們自己當唱片監製。

其中一個很有名的經紀人，更毫不客氣地指出柴仔的外型實在不行，說藍貓該換一個鼓手，肯定能夠大紅大紫。柴仔那一趟受到深深的傷害。泰一和山城一再保證他絕對沒有那個人說的那麼醜，而且，誰的鼓也沒他打得好，柴仔才打消了退出藍貓成全大家的念頭。這又逗得真莉和曼茱咯咯笑。歡笑聲在傍晚的空氣中起伏，這一天就這樣過去了。

7

接下來的日子過得飛快。十月中旬，藍貓的故事紀錄片正式開始拍攝。真莉跟山城和柴仔熟絡了一些。她發現山城比女孩子還要愛美，他會刻意在鏡頭前展露自己比較漂亮的那邊臉。他喜歡打扮，對男裝和女裝的潮流都瞭如指掌，聊起時裝和化妝來，他健談得就像女孩子的手帕交。

這個發現不禁讓真莉感到有點慚愧。她覺得自己壓根兒就不像個女孩子。她不是不愛美，只是，美麗和懶惰之間，常常是懶惰這一方戰勝。她把那頭固執的黑髮在腦後束成一條馬尾，為的是方便打理。她平日連一把梳也不會帶在身上，頭髮亂了就用十根手指撥幾下。拍片的日子，她經常穿的是汗衫和吊腳褲，踩著一雙露趾涼鞋或是布鞋。她甚至把一條毛巾搭在脖子上綁了個結，隨時用來抹汗。當她為自己的隨便感到慚愧時，她會在心裡安慰自己說：

『等到我有時間，我會打扮得比較像個女孩子！』

真莉也發覺柴仔是大家的開心果，他長得並不醜，笑起來滿可愛，只是個兒實在太小了，一件衣服穿在他身上，就像掛在一個稻草人身上似的，一陣風就會把那身衣服吹得鼓脹。但是，只要手上拿著兩根鼓棍，如痴如醉地打鼓，他就比許多高大的男孩子都有魅力。

然而，真莉始終對泰一摸不透。她發覺泰一似乎一直都在暗地裡觀察她。他看她的時候，那神情像謎一樣。有趣的是，真莉其實也在悄悄地觀察泰一。她不禁想起那句調皮話——『要不是你在看我，又怎知道我在看你？』她思忖：『是不是因為我在觀察他，所以我覺得他好像也在觀察我？』

有一次，泰一不在，真莉拐彎抹角地問柴仔和山城：『藍貓的歌有沒有在電台節目裡播過？』、『藍貓有沒有做過電台訪問？』、『你們認識電台裡的人嗎？那會對藍貓很有幫助的呀！』真莉嘴裡說的是藍貓，心裡問的是泰一。但是，不管山城或柴仔，都露出一副不屑的表情告訴她，電台從來就沒播過藍貓的歌，那些唱片騎師只會播流行歌。所以，他們已經好多年沒聽電台了。

『看來他們甚麼都不知道。假使泰一真的在電台主持過節目，沒理由不告訴他倆的呀！』真莉心裡失望地想。她多麼渴望泰一就是一休啊！她想跟他說聲謝謝，謝謝他陪她度過一九九六年的十二月。她還要告訴他，他的節目是她聽過最難忘的。

『啊呀……要不是他老是在那裡觀察我，我會直接問他！』真莉心裡忿忿地想。

不過，真莉得承認，除此以外，泰一這個人還是挺好的。他答應讓她和曼茱拍藍貓的故事，藍貓根本得不到甚麼好處。這齣紀錄片不會公開放映；換句話說，藍貓不會因此賺到知名度。泰一這麼做，純粹是幫她倆的忙。

拍紀錄片的日子，真莉和曼茱抬著沉甸甸的攝影機跟著藍貓到處去，有時是天琴星、有時是樂隊秀、有時又回到林家大宅的音樂室。

十一月初的一天，真莉終於在那兒見到林老奶奶了。那天，真莉要拍攝藍貓平日練歌的片段。她拍了一會，換了曼茱拍。真莉獨個兒走到屋前的庭院散步，好消化剛剛吃下的那塊文華酒店餅房的紐約乳酪蛋糕，沒想到林老奶奶也在院子裡，手上揣著一束剛剛摘下來的小黃菊。她依然是個美人胚子，體態輕盈。她該有七十歲了，看上去卻比真實年齡年輕許多。真莉一眼就認出她來了，靦腆地朝她咧嘴笑笑，不知道該說甚麼。

『啊！妳就是來拍紀錄片的那個電影系女生嗎？』林老奶奶首先開口說。

『是的，林老奶奶。』

『噢！叫我蘇菲亞！泰一沒告訴我妳長得這麼漂亮啊！』林老奶奶抓住真莉的手臂說。『拍電影最好玩了！妳要努力呀！要為我們女孩子爭口氣！這個圈子到現在還是男導演的天下！』

真莉有點受寵若驚，一味只會傻傻地點頭。

『泰一這孩子像我，喜歡音樂！』林老奶奶說，臉上帶著幾分自豪的神情。

『他長得也像妳。』真莉說。

『噢！』林老奶奶那兩道柳葉眉皺了皺，瞧著真莉：『我該怎麼稱呼你？』

『叫我真莉好了。』

林老奶奶嘛了嘛嘴，說：

『真莉，泰一才沒我這麼漂亮！他像他爺爺和爸爸。林家的男人沒漂亮這個遺傳，他們只有高大的身材、聰明的腦袋和一顆善良的心。不過，對一個男人來說，這已經很足夠了，對吧？啊，要是他們沒那麼固執和死心眼，我會更喜歡他們！』

真莉忍不住噗哧一笑。在庭院裡見到林老奶奶的一刻，真莉還有點擔心自己不會說話。她想，要是曼茱跟她一起便好了，曼茱比較能說會道。真莉沒想到這種擔心是多餘的，林老奶奶一直主導著話題。

『真莉，告訴我妳最喜歡哪一齣電影？我能夠從一個人喜歡的電影猜出這個人的故事。』林老奶奶扶著真莉的手臂說。

真莉告訴林老奶奶，她最喜歡的是楚浮的『夏日之戀』。

『啊……』林老奶奶朝真莉讚賞地笑笑：『喜歡「夏日之戀」的都是愛自由的瘋女孩。真莉，妳將來會到處跑，我看沒幾個男孩子拴得住妳。』

真莉樂得笑出聲來，她心裡想：『沒幾個女孩子不喜歡聽最後一句話吧？啊，林老奶奶還真會哄人呢！』

『真莉，妳不相信嗎？』林老奶奶突然問道。

真莉嚇了一跳，她沒想到林老奶奶看出她在想甚麼。

『將來妳會發現，我比算命師還準！』林老奶奶自信滿滿地說。

在林老奶奶眼底下，真莉不敢再笑了。她覺得林老奶奶扶著她手臂的那隻手很溫暖，五點鐘的斜陽也很窩心。她不禁偷偷想：『做個瘋女孩也不錯啊！』

一九九七年的天氣也真有點瘋，六月到八月幾乎沒有一天不下雨，這年的秋天卻又溫暖得像仲夏。到了十一月中旬，真莉還可以穿露趾涼鞋。天文學家說，造成全球反常天氣的，是厄爾尼諾現象❸。泰一寫了一首新歌〈像厄爾尼諾的女孩〉，第一次公開演唱是在天琴星。

曼茱沒法熬夜，一到十二點就幾乎連眼皮都撐不開，要回家睡覺。所以，十二點後的拍攝工作一向都由真莉負責。這天，她離開天琴星已經是凌晨一點半了。她拎著那部沉重的攝影機，獨個兒站在路邊，想攔下一輛計程車。可是，一連幾輛在她面前經過的計程車上都坐著乘客，她等了一會，一輛吉普車駛到她跟前停下來。她看了看，是泰一的車，車上只有他一個人。

泰一調低她那邊的車窗，臉上掛著一個微笑，朝她喊：

『上車吧，送妳一程，妳要去哪裡？』

『回家呀！謝謝你。』真莉一邊說一邊打開後車廂的門，想把那部攝影機塞進去。

『我來吧！』泰一走下車，繞到她這邊來，接過她手上那部沉甸甸的攝影機放到車裡。

他關上後車廂的門，瞄了瞄真莉說：

『這部機器真重，妳平時都扛著它四處去嗎？我猜妳每天要吃八碗飯，舉得起一頭牛！』

『哼！我才沒那麼可怕！』真莉心裡想，嘴裡卻還是說了聲謝謝，然後爬上駕駛座旁邊的座位。

泰一上了車，重新發動引擎，問真莉：

『妳住哪兒？』

『堅尼地城……你會去嗎？』

泰一點點頭，踏下油門，他那手車快得像一陣風似的。

『堅尼地城有個屠房，妳不是要去那兒吧？我說妳可以舉起一頭牛，只是隨便說的。』

真莉突然覺得很奇怪，她忍不住瞥了瞥泰一，心裡思忖：

『他為甚麼突然變得愛說話？而且，這種尖刻的作風簡直像極了一休……唔……也許他今天的心情特別好……這是個大好時機啊！』

車子駛上了海邊的高速公路，夜闌人靜，車上那台音響悠悠地轉出一張抒情的唱片。真莉看了看泰一，探聽地說：

『你的聲音很像一個人。』

❸厄爾尼諾（El Nino）是熱帶大氣和海洋相互作用的產物，它原是指赤道海面的一種異常增溫，現在其定義在於全球範圍內，海氣相互作用下造成的氣候異常。

『像誰？』

『一休。』

『一休和尚？』他衝她笑笑。

真莉不禁滿懷失望。要是泰一就是一休，他決不會這樣說的。可是，他的聲音太像一休了，連說話的語氣都像。

『一休是個唱片騎師。』她說這話時靜靜地觀察他臉上的變化。

『男的還是女的？』泰一顯得滿好奇。

『男的。』

『不是和尚？』

『不是。』

『怎麼寫？』

『休想否認的休。』

『他節目好聽麼？哪個電台？』

『沒得聽了，我是在去年聖誕節前後無意中聽到的，那節目叫「聖誕夜無眠」，半夜三點鐘到六點鐘。』

『是播歌的吧？』

『不只播歌……啊……當然，他挑的歌都很好聽……他愛跟大家玩一個遊戲……』

『甚麼遊戲？』泰一饒有興味的問，那樣子不像是裝出來的。

『他會問一個選擇題，而答案就是一首歌。比方說，有一天晚上，他要大家選四個字，說是每個剛剛失戀的人身上都掛著這四個字。你猜到答案嗎？』

『四個字的歌名？』泰一搖了搖頭。

『不是生不如死，不是肝腸寸斷……嘻嘻……是〈失物待領〉啊！你也聽過這首歌吧？』

泰一笑了笑，說：

『看來妳很喜歡這個節目。』

『啊……我從來沒這麼喜歡過一個唱片騎師和他的節目，他陪我度過一段最灰暗的日子。可是，一過了除夕，他就跟那個節目一起消失了，我一直都再沒聽到他的聲音。啊……你有沒有聽過一個傳說？關於收音機和一隻鬼魂的？』

『甚麼傳說？』泰一挑了挑那兩道烏黑的劍眉。

『啊……你沒聽過嗎……我還以為每個人小時候都聽過呢！』

『說來聽聽吧！』

『傳說每一台收音機旁邊都有一隻很愛聽收音機的鬼魂，人是看不見它的。這隻鬼魂會拿一張椅子坐在那兒，它有時會偷偷施法讓人把收音機轉到它想聽的電台去。所以，當一個人無意中轉到一個電台，就是那隻鬼魂在作怪。當時我正是不小心壓到遙控器，所以才會聽到一休的節目。我想，說不定就是那隻鬼魂作的怪呢！』

『那麼說，除夕那天，妳又不小心壓到那個遙控器，所以，他消失了？』

真莉忍不住笑出聲來：

『沒有啦！是他沒有再做節目了。』

轉眼間，車子已經來到真莉住的那幢公寓外面。泰一走下車，把那部攝影機從後車廂裡拿出來。真莉下了車，說：

『謝謝你送我回來啊！』

『我幫妳拿上去吧……我可以順便借妳的洗手間用嗎？』泰一臉上掛著一個尷尬的微笑詢問。

『哦？好的。』真莉回答說，但她突然想起家裡亂七八糟的像個狗窩。

上了樓，真莉從背包裡掏出鑰匙擰開門鎖，她手抓在門把上，把那扇大木門打開一道縫，又轉過身來跟泰一說：

『你可以在這裡等我一下嗎？』

泰一怔了怔，他好奇的目光越過真莉頭頂想從門縫裡看進去，可他甚麼也看不見，真莉老是擋在那兒，泰一惟有聳聳肩膀說：

『好吧！』

真莉從那道門縫閃身進去，飛快地把那扇木門在泰一鼻子前面關上。一進屋裡去，她便匆匆丟下背包，跑進浴室裡，收起晾在浴缸旁邊的那些洗好的內衣褲，又撿起早上掉在洗臉盆裡的幾根髮絲。她衝出客廳，抓起沙發上的一條短褲和一隻襪子，跟那些內衣褲一起全都扔到睡房的床上去。然後，她從睡房跑出來，整了整沙發上的兩個抱枕，才施施然走去開門。

她發現泰一一臉無奈地在門外等著，那台攝影機擱他腳邊，他一隻手撐在門框上，彷彿已經等了很久。看到她，他馬上鬆了一口氣，以為終於可以進去了。

真莉開口要說：『你現在可以進……』可話到嘴邊，一個有點乘人之危的念頭突然從她腦子裡冒出來。她一隻手撐住門框，擋在門口，把那句話改成：

『你真的不是一休？』

『天哪！』泰一露出一個求救的表情。

『但你的聲音跟他很像啊！』她抬起狐疑的目光瞧著他，那雙烏溜溜的眼珠子滴溜溜地轉了轉，恐嚇他說：『最近的一個公廁也離這裡很遠呢！』

『噢……小姐……我真不該做好心送妳回來。』泰一嘴角露出一絲苦笑。他收回撐在門框上的那隻手，兩隻手垂下來放在身體前面，幾根手指交握著，就好像這個動作會讓他漲滿的膀胱好過些似的。

『要是你不想別人知道，我保證不說出來。』她豎起三根手指頭發誓。

『唉……我沒想到送妳回家竟要受到這種待遇。』泰一顯出哭笑不得的樣子。他把身體重心從一隻腳移到另一隻腳，彷彿想要找個舒服一點的姿勢。

看到他臉頰開始泛紅，好像憋得很辛苦的樣子，真莉心軟了。她打開門，無奈地說：

『請進來吧！』

一聽到她這句話，泰一連忙拎起那台攝影機進屋裡去。

『浴室在那邊。』她指給他方向。他把攝影機放在地上，匆匆走進浴室，把門帶上。

真莉望著泰一在浴室那扇門後面消失的身影，她並沒有為自己剛剛乘人之危感到慚愧，反而一邊關門一邊思忖：

『我總覺得他沒有對我說真話。』

過了片刻，浴室裡傳來沖馬桶的聲音。泰一緊隨著一片水聲之後走出來。他看上去輕鬆了不少，臉也不紅了。

他沒有立刻離開，反而四處張望了一下。最後，他的目光停留在真莉身上。

真莉發覺泰一那雙清澈的大眼睛在她全身上下打量。他雙手交臂，叉開一條長腿兒站著，跟她只隔著一張沙發的距離。他站在那兒盯著她看，皺了一下眉頭，彷彿她身上有甚麼讓他看不順眼似的。

她禁不住問：『我有甚麼問題嗎？』

他望了望她吊腳褲下面露出來的兩個纖巧的腳腕，問她說：

『妳所有的褲子都是這種長度的嗎？我從沒見過妳穿一條不吊腳的褲子。』

『這是吊腳褲呀……』她以為他不懂，沒好氣地說，而且，她一向覺得自己穿吊腳褲最漂亮了，因為她一雙腿就數腳腕最瘦。只要把腳腕露出來，便會造成一個錯覺，好像她的腿也很瘦。

『我知道這是吊腳褲。』他嘆了一口氣說。

『吊腳褲就是這種長度的呀！』她不自覺地也叉開一條腿站著。

他迅速掃視她叉開來的那條腿，嘴角露出一絲譏笑說：

『妳不會是只有這雙腳腕可以露一露吧？妳有一雙圓滾滾的胖腿？』

『太可惡了！』她氣惱地想，正想開口罵他別以為自己有一雙長腿就可以嘲笑別人的腿短。他卻突然露出一副誠懇的樣子說：

『妳這樣穿衣服，看上去起碼比原本的高度矮了五公分。』

『啊？真的？』她驚了一下，心裡急急換算一下，天哪！五公分就是兩英寸！她本來也只有一六四公分，平白少了五公分，那還得了！她連忙請教他：『是因為褲子的緣故嗎？』她說著把叉開的那條腿收回來，沒剛剛那麼有自信了。

泰一並沒有立刻回答她的問題，而是坐到沙發上，蹺起二郎腿，看了看她腳上踩著的那雙露趾平底涼鞋，才又說：

『妳要穿這種褲子，就絕對不能穿涼鞋，這樣又要減去三公分。這麼一來，前後總共矮了八公分。』

『有這麼嚴重嗎？』她那個漂亮的心形小嘴惆悵地半張著，不禁為失去的身高而悔恨。

『另外……』他接著說：『妳不會是色盲吧？怎麼會上身穿橙色，下身穿黃色，看上去就像一個香吉士檸檬壓在一個香吉士橙下面，連腰都不見了，自然又矮了兩公分！』

要是幾分鐘之前，真莉也許會不服氣地回嘴，可她這一刻已經沒剩下多少自信心了。她低下頭，看了看自己這身今早趕著出去而亂穿的衣服，不得不承認泰一說得對。何況，他的品味一向不錯，不會像山城那樣過分講究。在他身上，通常都只有灰色、藍色和白色，低調得來又穿出了個性。她沒法不服氣。不過，她同時也自忖道：

『啊！當然了！他從小都穿漂亮衣服。』

『妳的衣服放在哪裡？』泰一突然問道。

真莉指著睡房那扇半掩的門，說：『在裡面。』

泰一從沙發上站起來，朝那個房間走去。

『你要找甚麼？』她緊跟在他身後。

『看看妳的衣服。』泰一興致勃勃地說。

真莉連忙跑上去，身子把門縫堵得嚴嚴實實，說：

『你在這裡先等一下。』

泰一朝房間溜了一眼，皺了皺他那兩道烏黑的劍眉，臉上的表情好像在說：

『又要等哦？』

『這一次會快很多哪！』她說完這句話就閃身進去，把那扇門在他鼻子前面關上。她一關上門，馬上把剛剛扔在床上的內衣褲塞到被子下面去，接著，她使勁揚了揚那條皺成一團的被子，重新鋪開來，又拍鬆了枕頭。她正想轉身時，眼角的餘光看到今天早上脫下來的睡衣就丟在床邊的椅子上。她走上去，飛快地把睡衣藏在被子底下，然後溜過去打開房門。

泰一站在那扇房門外面，一隻手撐在門框上，那副無奈的模樣跟他剛剛站在屋外等著的時候一樣。

『我可以進來了嗎？』他那雙大眼睛看著她，就好像他從沒見過一個比她更古怪的女孩子似的。

她點點頭，讓他進去。她那個大衣櫃挨在對著床尾的一面牆上。泰一走過去，把三扇櫃門打開來。

『哇！妳衣服很多……』

『是嗎？』真莉站在他旁邊嘟囔著說：『但我老是覺得自己沒衣服穿。』

『妳的衣服全是一個樣……』

『不是吧？每一件都有分別的呀！』

『妳沒牛仔褲的嗎？』

『我不愛穿牛仔褲！』

『妳是覺得自己穿牛仔褲不好看吧？妳只有一件白襯衫？』

『白襯衫很容易弄髒的。』

『總括來說，妳的品味糟透了。』

真莉開口想要說些甚麼，泰一卻搶先說：

『希望妳將來拍電影的品味不會像妳挑衣服的品味吧！要不然妳的電影全都要列作第三級。』

『我的衣服不暴露啊！』她瞪了瞪他。

『我是說妳的衣服兒童不宜……因為會擾亂小孩子對美的判斷！』

她氣得胸脯起伏，卻又沒法駁斥他。她惱火地想：『他是來嘲笑我的衣服呢，還是想嘲笑我？』

然而，他突然又說：

『也不是完全沒救的！』

然後，他就像一個一流的指揮家跑來收拾一個不入流的交響樂團似的，抬起他那兩條長胳膊，一雙手動作流利地把她那一櫃子的衣服互相配搭，一套又一套的配好之後再掛在一塊。才兩三下手勢，他彷彿變魔術似的，把平平無奇的一堆衣服變成一列讓人眼前一亮，而且差不多可以穿三十天，天天新款的組合。

真莉看得目瞪口呆，她從來沒想過衣服的顏色和款式可以這樣配搭，酒紅可以配粉藍、橄欖綠可以配咖啡色、芥末黃可以配栗子色……

泰一接下來一邊把配好的衣服指給她看一邊告訴她：『這件外套跟這幾條褲子都很襯，妳可以交換來穿。』、『這條褲子可以襯任何一件上衣。』他又把幾件衫丟出來，說：『這幾件就沒救了，只好請妳不要再穿。』

真莉俯身拾起給泰一扔出衣櫃的衣服，心裡佩服得五體投地，嘴裡卻說：『我挺喜歡這幾件的呀！』泰一把她的品味批評得體無完膚，卻又把一櫃子的衣服配搭得那麼好看，那就證明她的品味根本就沒有他說的那麼糟。

真莉心裡想：

『可能他買衣服從來不用看標價吧！普通人可不能看見喜歡的、看見漂亮的就買啊！誰不知道品味是用錢培養出來的！』

泰一最後檢視了一眼衣櫃裡的衣服，臉上的神情就好像他剛剛彈完一首自己滿意的歌那樣。他轉身望著真莉，嘴角帶著一絲嘲笑，搖搖頭說：

『不是要有錢才有品味的！』

真莉氣得眼睛眨巴著，她沒想到泰一竟然看穿她的想法。然而，她轉念又想，他這句話是不是也有稱讚她的意思呢。他想說她買的衣服其實不太糟，只是她不懂配襯罷了。但是，她從他的眼神裡分辨不出來。她看到一櫃子重新襯過的衣服，只感到心情激動，她覺得自己已經朝品味跨出了一大步，從今以後都更會穿衣服。這全是泰一的功勞。所以，她也沒費心去想泰一那句話是嘲笑她呢，還是讚許她。

泰一走了之後，她急不及待把他配襯好的其中幾套衣服拿出來逐一試穿在身上。她站在鏡子面前端詳自己，又扭動身子看看自己的側影。她滿意極了，心情興奮，不由得從心裡發出一聲讚歎：

『哎呀！好漂亮！原來衣服是可以這樣穿的！我怎麼沒想到呢！也許他說得對，我以前穿衣的品味糟透了！』

真莉天真的頭腦沒想過不需要很多衣服就可以做出很多變化；她也沒想過一個人往往並不只一面。她覺得泰一今天晚上好像換了個人似的。他一向多沉默寡言啊！山城平時滔滔不絕地跟大家講打扮心得的時候，泰一從來不插口，她怎麼會想到他懂的竟比山城多！

還有，他今天晚上也變得很活潑，那種悄悄觀察她的目光不見了，反而耐心為她配襯衣服。他這人實在讓她猜不透，她很快就把他這種行徑解釋作『富家子的怪脾氣』。

真莉想想也覺得好笑，要是別的男孩教她穿吊腳褲就別穿平底涼鞋，又幫她把一櫃子的衣服配得頭頭是道，她會覺得對方有點娘娘腔；可是，泰一做這些事的時候，一點都沒讓她有這種感覺。他反而顯得雄赳赳，每一下出手和那份自信心，都像是君臨天下般，甚至有點獨裁呢。

真莉試完了，就把身上的衣服脫下來，小心翼翼地掛回去，生怕自己會弄錯泰一原先的配搭。她想起從來沒有一個男孩如此這般收服了她的衣櫃。泰一就好像拿著一卷紅絲帶在她的衣櫃門上綁了一隻漂亮又搶眼的大蝴蝶結，然後再當成一份難忘的禮物送給她，是錢買不到的。

真莉歡喜地望著她這份大禮物，不禁又想：

『啊……泰一今天太像一休了！他那種尖酸刻薄又詼諧的口吻活脫脫就是一休的口

吻。世上真的會有兩把聲音和說話的腔調這麼相似麼？』

8

真莉嘴裡雖然沒讚許泰一的品味，可自從十一月中旬的那天晚上之後，她每次來拍攝時都穿上泰一替她配襯的衣服，漸漸地，她自己也摸出了一些竅門來，大膽地自行配搭。有時候，為了反叛，她故意亂穿。譬如他嘲笑她看來像『一個香吉士檸檬壓在一個香吉士橙底下』的那件汗衫和吊腳褲，她偏偏在他面前再穿一次，還要昂起腦袋，挺直腰背走來走去，為的是想看看泰一瞪著眼睛吃驚的模樣。還有就是，涼鞋實在太舒服了，她捨不得放棄。直到天氣漸漸涼了，她才改穿平底布鞋。

真莉也發覺，每當只留下她一個人拍夜班，她扛著那台沉重的攝影機在街上等計程車的時候，泰一總會巧合地開著他那輛漂亮的吉普車經過，停下來提議順道送她一程。他從沒一次例外，有時會早一點出現，有時會稍微遲了一點，不過，他通常都會在第四輛空的計程車經過前到達。於是，真莉看來就不像是故意等他的順風車。只有幾次，她等了好一會仍然不見他，一輛又一輛空車在她面前慢慢駛過，她總是先讓給別人，要是沒人可以讓，她就裝著沒看見那輛空車。每當這些時候，她會在心裡想道：

『坐泰一的順風車可以省回車費啊！反正他順路，而且他還會幫我把攝影機抬上樓去呢！』

他們同車的時候，話題可多了——有時談音樂、有時談電影，他出生的時候，林家的電影生意已經結束了，所有的舊片，他都是後來在家裡的放映室裡看的。真莉想起第一次造訪林家那幢大屋時，看到客廳裡那台古老的電視，還以為這家人已經不看電影了，沒想到原來他們看電影是在私人的放映室裡。

泰一知道她喜歡『夏日之戀』，真莉想，那一定是林老奶奶說的。一天晚上，她問起他喜歡哪齣電影，泰一微笑的眼睛皺了皺，告訴她：

『「ＥＴ外星人」。』

他表情那麼滑稽，她才不相信。他卻看穿了她想些甚麼，撇了撇嘴角說：

『妳覺得喜歡這齣電影太膚淺了吧？我該喜歡一些比較有深度的？』

她笑著瞥了他一眼，說：

『我也很喜歡這齣戲啊！不過那是我很小的時候。』

她想起電影最後一場戲，ＥＴ踩著單車奔向月亮回家去，於是，她學著林老奶奶用電影算命的口吻說：

『啊……喜歡ＥＴ的，都是外星人！』

他們有時也談打扮，他照舊嘲笑她的品味，她堅持說，穿吊腳褲是她的風格，她就是喜歡這麼穿。他點點頭表示同意，然後說：

『妳是對的，穿衣要有個人風格，迪士尼樂園那隻唐老鴨就從來不穿褲子，要是哪天牠突然穿上褲子，就沒有風格了。』

他竟然把她比作不穿褲子的短腿唐老鴨，好端端的『風格』兩個字，從他口裡說出來，竟然帶著譏諷的意味。她氣得瞪了他一眼，他卻接著說：

『唉，好吧，要是妳一定要穿這種不長不短的褲子，那麼，請妳儘量穿一件低領的上衣，領口愈低愈好。』

『愈低愈好？』她羞紅了臉，雙手不自覺地按住胸口。

『這樣可以把妳整個人拉長一點。』他看了看她，沒好氣地說，目光倒是沒有一點討她便宜的意思。

他們有時也談生活中的趣事，談藍貓，談山城、柴仔和曼茱。泰一開車開得簡直可以用俊美兩個字來形容，他握著方向盤的動作、每一個急轉彎、每一段直路的馳騁，都輕快流暢，又充滿自信，就好像毫不費勁地駕馭了一首音域變化極廣的歌。不管他們從甚麼地方回到她那幢公寓，真莉總覺得那段路很短很短，一晃眼就走完了，可大家才剛說到興頭上呢，於是只好把那個話題留待下一次見面再續。

自從跟泰一熟絡了，真莉愈來愈不想瞞他。然而，每次想到要開口告訴泰一，她偷看過紫櫻寫給他的信，真莉就覺得難以啟齒。偷看到人的信畢竟是不道德的，她擔心說了出來泰一會討厭她。她沒有愛上泰一，他不是她那一型，他也太難捉摸了，可她並不希望泰一討厭她。她有時悄悄觀察他，聽他說話，認定他是個愛恨分明的人。要是他知道她看過那些信，也許以後都不會理她。

有好幾次，在泰一送她回家的路上，真莉幾乎忍不住說了出來。她思忖：

『我可以解釋我不是有意的，而且，全靠我看了，這些信才會回到他手上呢！』

但是，真莉不敢肯定泰一會不會相信她的說話。發現那些信的過程和後來的故事太傳奇了，很難說服任何一個腦子正常的人。何況，提到這件事，真莉便無可避免要提到陸子康。她可是再也不想從自己嘴裡說出這個人的名字。

她心裡翻騰，始終沒對泰一說出來，然後她又發覺，時間拖得愈長，也就愈開不了口。

一星期又一星期不知不覺地過去了。

十二月第二個禮拜的那天晚上，她只差一點兒就告訴他了。那天午夜，她坐在泰一的車上，車子在迷濛的夜色裡飛馳，他播給她聽他新寫的一首歌，還沒譜上歌詞，旋律帶點傷感。

『你會寫上甚麼歌詞？』她問泰一。

『妳有甚麼提議？』

『我？唔……這段音樂讓我想起小時候養過的一隻小黑狗。噢，你別這樣看我，我不是說這首歌只有禽獸才懂得欣賞。我就是覺得好聽才想起牠。

『後來有一天，牠走失了，我記得我當時很傷心。這麼多年來，我偶然還會想起牠，想想牠現在在甚麼地方，過得好嗎？噢！你可以先聽我說完嗎？我才沒想過牠現在吃哪個牌子的狗食！我沒想得那麼仔細！

『我覺得牠就好像離開我去了旅行。噢，你別這樣說，牠才沒進天堂。我想是有人收養了牠，牠眼睛很漂亮，全身的毛鬆鬆的，四條小胖腿好可愛。甚麼像我？我才不是小胖腿！

『啊……那是我最長的一段思念。』

泰一瞄了真莉一眼，剛剛那種取笑她的表情不見了，皺皺眉頭說：

『妳真可憐！』

『為甚麼這樣說？』

『妳最長的思念是跟一隻狗！』

『那又怎樣？愛情是很短暫的。』

『妳這句話是從電影上學來的吧？』

『嗯，這個嘛，我不記得了，也許是吧——反正也不會很長，一轉眼就沒有了。』

『是妳遇到的愛情特別短命吧？』

『我不知道——我倒是希望那個人短命些……噢……不，我希望他活得久一些，然後變成一個糟老頭。』

『好狠心啊！』

『我抽獎從來沒中過獎，詛咒別人大概也是不會靈驗的。』

『但我還是希望萬一我得罪了妳，妳別詛咒我。』

『我答應你就是了。』

『尤其別詛咒我變成一個糟老頭。』

『你不會啦！頂多只會變成一個不糟的老頭。』

『這是詛咒嗎？』

『難道你不認為……從沒開始的愛情會悠長一些嗎？』

『從沒開始又怎知道是不是愛情？』

『那兩個人彼此會知道的。』

『妳是說，為了悠長一些就克制自己不去開始？』

『嗯，那樣不是很美麗嗎？』

『妳真不該說這種傻話。愛不像風箏，不能說收回來就收回來。』

『不放出去，便不怕收不回來。』

『妳這樣等於說——寫好之後不寄出去的信，便不會後悔。』

『這個嘛……倒是沒錯。』

『但是，也有可能將來會後悔當天沒把信寄出去啊！妳再想寄的時候，已經太遲了。』

『啊呀……泰一……我……我有件事情想跟你說……』

『是甚麼事？』

『唔……唉……我想說……我想說……這首歌很好聽！』

就是這樣，真莉說到嘴邊的話打住了。

『啊，我真是個膽小鬼！』她在心裡埋怨自己。

9

接下來的一個禮拜，真莉沒有見到泰一。她和曼茱都要應付考試，藍貓的拍攝工作只得暫停。真莉近來到路克書店的時間也少了。幸好，路克一句話也沒說，還是隨她喜歡甚麼時候來。

當真莉在書店裡，路克便會走到對街那家法式小店消磨幾個鐘，等她要走才回來。真莉從來就沒見過像他這麼沉默害羞的男孩子，他的目光很少停留在她身上超過三秒鐘。惟有一次例外。那天是十一月中旬的一個星期天。真莉十二點半就來到店裡，用路克給她的一套鑰匙開了門，打點一下書店裡的東西。

路克一向習慣在臂彎裡夾著一本書或者雜誌，雙手插在兩個褲袋裡，埋頭埋腦地走路。那天，他一踏進書店，抬頭看到剛好站在櫃台外面的真莉。真莉跟他打了一聲招呼，朝他咧嘴笑笑。當路克抬起羞怯的目光看到她時，他怔了怔，嘴角往下撇。真莉分辨不出來那是微笑還是驚喜的表情。真莉還是頭一次穿成這個樣子到書店，那身衣服是泰一為她配搭的。她不禁在心裡誇讚泰一的品味，想道：

『我看起來一定是脫胎換骨了吧！』

十二月中的這天半夜，真莉正坐在床邊的書桌前面，捧著一份筆記溫習。這份厚厚的筆記她已經讀了一個晚上，但是，每一行字看起來都好像頭一次看到似的。她望了望書桌上那個四方形的跳字鐘，已經是四點十分了。真莉揉揉睏倦的眼睛，站到本來坐著的那張矮背椅子上，伸了個大懶腰，臉朝那張看起來好舒服又充滿誘惑的床大喊一聲：

『天哪！我來了！』

她一邊喊一邊傻呼呼地撲倒在床上，打算睡一會再回頭溫習那疊筆記。床邊那台白色的收音機這時突然亮起了一星綠色的光，一首歌正播到最末的一段。真莉伸手在被子下面四處摸，終於摸到那個遙控器，她剛剛撲在床上時不小心把它壓著了。她轉過身去，想用遙控器把收音機關掉。她不能聽收音機，她要睡一會。她望望鐘，是四點十二分，她決定睡到四點半……噢……不，她決定睡到五點鐘或者五點十五分才起來溫習；她比較喜歡整齊一點的時間。

然而，就在這一刻，一把久違了的聲音從那台收音機轉出來。真莉拿著遙控器的手停住了。

『天哪！那不是泰一嗎？噢，不……那不是一休嗎？』她從心裡叫了出來。

『選一個地方，要是在那裡漂流就慘了。』一休那把獨有的、嘶啞渾厚的聲音說。

『他又跟大家玩那個遊戲了。』她雀躍地想。

『太平洋？大西洋？會不會是哪個荒島？』真莉從床上坐起來，眼珠子滴溜溜地轉，心裡忖著一休接下來會播哪首歌，又有哪一首歌是關於漂流的呢？

他的答案讓她莞爾。他放的那首歌是——〈在思念裡漂流〉。

真莉的睡意全消了。她望著那台收音機，興奮得彷彿跟故友重逢似的。隔別一年，她沒想到一休在聖誕節之前竟又回來了。節目的名稱還是叫做『聖誕夜無眠』。這是一九九七年的聖誕。她已經不是一年前聖誕節那個可憐巴巴的女孩子了。但是，一休的聲音還是像一彎月亮，照亮了她心中的夜地。那一首一首的夜曲，在他手裡播出來，就都有了一種溫柔的味道。

『噢，他不會是聖誕老人吧？為甚麼只會在聖誕節出現？』真莉重又坐到書桌前面，拿起那份筆記，望著窗外的夜空，心裡笑著想。

她想起那隻鬼魂的傳說。今天晚上，全靠那隻愛聽收音機的鬼魂作怪，她才又跟一休重逢。一休的聲音徹夜陪伴著她，真莉讀著那份筆記，覺得每一行字都變得很親切，很容易就記住了。

接下來那幾個要溫習的長夜，真莉也不肯錯過一休的節目。然而，再一次重溫一休那把獨特的聲音，她心裡也愈來愈起疑。這把聲音太像泰一了。有好多次，她望著鐘，要不是已經深夜，她真想打一通電話給泰一。假使他就是一休，他是不可能在這一刻接電話的。然而，他不接電話，也有可能是他已經睡著了。那麼，即使不接電話，也有很好的理由解釋。

十二月二十三號這天，真莉考完試，又再開始拍藍貓的故事。半夜裡，她坐泰一的車子回家，她話說得很少，不是因為沒話說，而是想聽泰一說話，聽聽這把聲音跟一休有甚麼分別。她發現兩把聲音幾乎沒有絲毫的分別，她悄悄觀察泰一，卻絕口不提一休那個節目又回來了。她知道，泰一肯定又會否認自己就是一休。

『妳今天很少說話啊！沒事吧？』泰一衝她笑笑說。

『哦？沒甚麼，我只是覺得有點睏。』真莉隨口撒了個謊。

『妳不是愈夜愈精神的嗎？』

『沒有啦！昨天很早就上床睡覺，可能是睡得太多，反而覺得累吧！』

『最近都很早睡覺？』

『對呀！』她猛點頭，偷瞄一眼泰一的臉，他眼睛望著前方專心開車，臉上的表情沒甚麼變化。

真莉不自覺地撇了撇嘴角，他這個問題實在太惹她懷疑了，竟然問她最近是不是很早就睡覺。她睡著了，當然就聽不到他的節目。

『啊……我總有辦法證實他是不是一休！』她自忖道。『要是他沒有回來做節目，我是永遠逮不著他的；但是，既然他回來了，那就很容易辦。』

第二天，也就是十二月二十四號凌晨，真莉老早已經埋伏在電台對面一幢公寓外面的樹籬裡了。她一邊盯著電台的入口，一邊很慶幸這兒剛好有一片讓她藏身之地。

時間愈接近三點鐘，她的神經也愈緊張。兩點五十分，她終於目睹泰一那輛深綠色的吉普車駛來，車子停在電台外面的路邊停車位，車燈關了。這時，一個人影從駕駛座那邊走下來，路燈太暗了，真莉看不清楚那個人的樣子，但是，那個高大的身軀肯定就是泰一沒錯。她看到他關上車門，敏捷地走進電台。

等他一進了電台，真莉連忙從樹籬後面走出來，跑過馬路去看看那輛吉普車的車牌。

『噢！果然是他！』真莉又氣惱又激動，氣泰一對她撒謊，卻又很高興知道他就是一休。她想，這真是『踏破鐵鞋無覓處，得來全不費工夫。』

她繞著那部車走了一圈，又摸摸它，臉上顯出一個她已經查出真相的滿意神情。接著，她在路邊坐了下來，從背包裡掏出一部隨身聽，戴上耳塞，開始聽一休的節目。一休播出節目裡的第一首歌，然後報時。真莉這刻還沒想到下一步怎麼做，該回家去，等明天再揭穿他；還是在這裡等他出來，讓他沒法再否認？最後，她決定留在這裡。

她聽著泰一的節目，想到他已經成為她的籠中鳥，插翼難飛，嘴角不禁露出一個得意的微笑；可她想不通泰一為甚麼要撒謊。他是做午夜節目主持，又不是做午夜牛郎，這有甚麼見不得光的？他偏偏瞞著所有人，還刻意不在節目裡播藍貓的歌。

『啊……他真是個雙面人！』真莉想，突然之間，她腦海裡閃過一個答案——富家子的怪脾氣。這個答案解釋了一切。

真莉一邊聽一邊等，她只穿了一件套頭低領的毛衣和一條吊腳褲，是泰一說低領上衣會把她整個人顯得修長些的，她可沒想過會半夜三更坐在路邊，今天還是平安夜呢！十二月的寒風吹來，她冷得脖子直哆嗦，牙齒打顫，只好縮成一團坐著，不停搓揉雙手和兩個骨碌碌的腳腕取暖。

『選一個你最討厭的謊言。』一休懶懶的說。

『哼……就是你林泰一說你不是一休！』她挑挑眼眉，在心裡想。

冬天的夜長，清晨六點鐘，天色還沒亮，真莉雖然冷得臉青唇白，她那雙烏溜溜的眼睛卻亮起來了。一聽到一休播出節目裡最後一首歌，她連忙從路邊站起來，匆匆把那部隨身聽塞進背包裡。她順順褲子，施施然挨在泰一那輛吉普車的一邊車門上，雙手交臂站著，眼睛盯著電台的出口。她那神氣的模樣就好像一位精明幹練的警探，正在這兒恭候一名逃犯出來，等著看他束手就擒似的。

片刻之後，警探真莉終於看到逃犯泰一從電台走出來，起初是個朦朧的人影，然後在路燈下變得愈來愈清晰。泰一看見她時，先是怔了怔，卻似乎沒有給她嚇倒。

她甚麼也沒說，只朝他露出一個『你不用再否認了！』的得意洋洋的微笑。泰一皺了皺那兩道烏黑的劍眉，無奈地笑笑，衝她說：

『妳在這裡等我很久了嗎？』

『你早知道？』真莉心裡一怔。

『我又不是先知。妳的頭髮亂成這個樣子，要不是在這裡吹了一晚的風，便是有隻烏鴉在妳頭上築了個巢！上車吧！』

真莉整晚吹風，冷得哆嗦，早就巴不得可以鑽進車廂裡取暖。等泰一替她打開車門，她飛快地爬上車，繫好安全帶，雙手在亂蓬蓬的黑髮裡隨便撥了幾下。她偷瞄泰一一眼，他上了車，嘴角露出一絲詼諧的微笑。真莉覺得他的微笑好像是故意挫挫她的神氣似的。他一副氣定神閒的樣子，像個出色的車手似的，先把車匙插入匙孔，擰亮車燈，一踏油門，車子就往前飛馳。

『哼……你還說你不是一休？』

『說話要公平。』他撇嘴笑笑：『我幾時說過我不是？』

『你頭一次來我家借洗手間的時候，我問你是不是一休，你……』真莉說到一半的話打住了。她突然想起泰一那天晚上的答案，不禁有點洩氣。

『當時我說了甚麼來著？』

『你說「天哪」！』她噘噘嘴，不情願地重複那句話。

泰一那雙大眼睛轉了轉，臉上掛著個好玩的笑容說：

『那就是了！我沒說我不是啊！』

『噢……你……你耍詐！』

『妳敗在我手上，應該覺得雖敗猶榮。』

『我才沒有敗在你手上呢！是我活捉了你！我一早知道你就是一休！你那天還故意裝傻，問我一休怎麼寫。你記得我是怎麼回答你的嗎？』

『妳是怎麼回答我的呢？』

真莉禁不住揚起眉毛笑笑說：

『當時我說，是休想否認的休！記得嗎？』

『噢！原來這四個字暗藏玄機。』泰一憋住笑，不斷點頭。

真莉看了看泰一那副滑稽的模樣，忍不住笑出聲來，教訓他說：

『你幹嘛神神秘秘呢？做電台節目又不是見不得光的事，你這麼不老實，太不夠朋友了啊！』

『嗯……妳說的對，是我錯，不過，既然說到朋友——』泰一伸手過去真莉那邊，打開儀表板上的雜物箱，飛快地拿出一件小東西來，在真莉眼睛前面晃了晃。『請問這是甚麼呢？』

真莉瞇起眼睛看，覺得好像是一張證件。

『這是甚麼？我看不清楚。』

泰一擰亮了車廂頂的一盞小燈。在小燈下，真莉發現那是她的學生證。她從泰一手上搶過來，問他說：『為甚麼會在你車上的？是我留下來的嗎？』當她再仔細看看上面的照片，真莉不禁吃了一驚，這是她暑假時丟失了的那張學生證！她後來補領的那張，用的是另一款照片。

『為甚麼會在你這裡的？我明明丟失了啊！你在甚麼地方撿到的？』

『這個嘛！』泰一又從雜物箱拿出一樣東西來，在她面前晃了晃。

這一回，真莉完全驚呆了。她一聲不吭，心虛地眨著眼睛，不敢看泰一。那是個米黃色的文件袋，她那天就是把紫櫻的信裝在這個文件袋裡，塞進去泰一的信箱的。文件袋上有她的字跡，寫著泰一的名字和他家裡的地址。

她想起她那天看完信，打開書桌的抽屜，隨手拿了那個文件袋就把信塞進去，並沒有看看文件袋裡是不是有其他的東西，沒想到原來她的學生證竟又偏偏放在裡面，所以，她開學後發覺學生證不見了，卻一直沒找到。

『原來你早知道。』她偷瞄了他一眼，目光正好跟他相遇。他正在打量她，那神情倒不像責備。她鬆了一口氣。

『我一直想跟你說，卻不知道怎麼開口……這件事太曲折了……說出來你也不會相信……』

『儘管說出來聽聽吧。』泰一把車拐到路邊停下來，等著她說下去。

真莉剛剛那副在電台門外把泰一活捉的神氣不見了，現在倒好像是她給泰一當場逮捕。

『你記得那齣電影嗎？「收到你的信已經太遲」……你說你看過……』

『嗯……』泰一點點頭。

『那部戲是我去年六月當暑期工時拍的。你記得戲裡有個紅郵筒吧？那個郵筒是假的。當然，它做得跟真的簡直一模一樣，事情就是這樣開始的……』

真莉從電影拍完，郵筒給遺留在街上的事情說起，開始時結結巴巴，泰一的眼睛一眨不眨，目光犀利地望著她。隨著故事鋪展開去，加上她說的全是真話，她慢慢能夠把事情的始末娓娓道出來了，從她無意中發現郵筒裡有信，到她為甚麼把那些信給忘了，講到一年後陸子康又把信送回來，而且他已經拆開來看過，以及她後來幾經掙扎才決定讀讀那四封信。那時候她根本不知道藍貓是甚麼。她讀完信，很同情泰一，就一片好心，冒著滂沱大雨親手把信送回去。那個裝信的文件袋是她隨手拿起來的，並不知道自己的學生證丟在裡面。

『我以為只要把信放進你的信箱，這事以後就跟我無關了，沒想到那天會碰到你，後來又會認識你。我一直都想跟你說，卻找不到機會……唉……好吧……不是找不到機會……是怕你生氣。』

說完她低著頭望著自己腳背，等泰一發話。他久久不說話，她想，他一定是在生氣，或者他根本就不相信，覺得她說的是連篇謊言。他說不定還會把她趕下車。

最後，泰一終於說話了，語氣輕鬆，就像平時一樣，她還真沒想到他絲毫沒懷疑她說的故事。

『好吧！我相信妳說的話。』

『噢……真的？』

『妳的想像力沒這麼好，才編不出一個那麼曲折的故事來。』他挑起一邊眼眉，又說：『假使妳是第一個偷看那些信的，妳才不會笨得把信送回來。』

『啊呀……就是嘛！』她禁不住咧開嘴衝他笑笑，覺得好像終於放下了壓在心中的一塊鉛，以後再沒有甚麼要隱瞞，可以挺起胸膛面對他了。

她的黑眼睛又再亮起來，愉快地說：

『你說這部電影是不是很詭異？一切就像注定似的。』

『對呀！』泰一撇撇嘴笑，『這個故事簡直可以再拍一部續集。』

『啊……就是呀！我為甚麼沒想到呢！』

『我可是連續集的戲名都想到了。』

『啊……是甚麼戲名，快講給我聽吧。』

泰一的嘴角又露出那個作弄的笑容，慢條斯理地說：

『「偷看你的信我沒遲疑」！』

『噢！』真莉先是怔了怔，然後尷尬得漲紅了臉，最後又忍不住噗哧一聲笑了出來。

『要不是我看過那些信，決定還給你，你便永遠都看不到這些信啊！』

『這麼說，我還得感謝妳囉？』泰一沒好氣地說。

真莉大方地抬抬手說：

『啊……不用跟我客氣！但我有一點不明白。既然你早知道，為甚麼不揭穿我？』

『我在等妳自己說。』

『天哪！怪不得我一直覺得你在悄悄觀察我，我還以為是自己心虛呢。哼……要不是你用那種眼光看我，我早就告訴你了！那麼，你第一次在天琴星見到我時，已經認得我了？』

『妳本人比照片漂亮多啦！』泰一瞥了她一眼，最後一個字拖長來說，好像並不是稱讚她漂亮，而是嘲笑她證件上那張照片難看。

她嘟嘟嘴，說：『我當時還以為你認得我呢！但又覺得不可能，你明明只見過我一眼。』

『那天我看見妳把一些東西塞進信箱裡！』

『甚麼？我還以為你沒看到呢！』真莉嚷了起來。

『但是，雨那麼大，我根本看不清楚妳的樣子，何況，妳一看到我就像瘋子似的落跑了。當我發現妳的學生證時，我並不肯定妳就是相片裡的人，更不明白妳的證件為甚麼會跟我的信放在一起。我甚至以為我和妳都是受害人，東西給人偷了。直到那天晚上，我在天琴星的後台再一次看見妳，妳一看到我，神色就有點異樣，那一刻我便知道妳認得我。我幾乎可以肯定，妳就是送信來的那個人。』

『唉……是的……我當時很害怕……』

『直到後來，我寫了那首歌，跟那些信有關的。那天妳一聽，就好像知道歌背後的故事。我可以斷定，妳偷看過我的信。』

『哎呀……原來你是故意在我面前唱的。』真莉不禁臉紅起來，她想起自己幾個鐘頭前看著泰一走進電台時，還覺得他已經是她的籠中鳥、插翅難飛。原來，她自己才一直是泰一的籠中鳥。

『不過，我欣賞妳坦白。妳剛剛大可以不告訴我妳也偷看過那些信。嗯……我喜歡老實的人。』

真莉咧開嘴笑笑：

『那麼，我們打成平手了啊？』

『打成平手？』泰一皺眉的樣子和嘲諷的腔調好像不同意。

『你也沒說你是一休啊！』真莉理直氣壯地說。

『唉……好吧！就當作平手。』泰一無奈地笑笑。

天色已經亮起來了，真莉看看車外微藍的天空，伸了個大懶腰，揉揉睏倦的雙眼說：『我昨天從半夜一點鐘就在電台外面埋伏，我還從沒幹過這麼瘋的事呢！』

『一點鐘？』泰一咯咯地笑出聲來說：『節目三點鐘才開始！怪不得妳臉青唇白，黑眼圈都跑了出來！』

『噢！是嗎？我不知道你會不會提早回去準備啊！』

『平安夜妳沒地方去的嗎？』泰一揶揄她說。

『過了十二點已經是聖誕了啊！』真莉擤擤鼻子說：『哎……不知道會不會感冒，你害我吹了一晚的風，我現在又冷又餓！』

『請妳吃個早餐吧！』泰一重新開動車子。

真莉眼珠子一轉，說：

『我想吃聖誕大餐！』

『聖誕大餐？現在？』泰一嘴角露出一絲苦笑。

『我從去年聖誕開始就想吃聖誕大餐了！我想吃火雞！』

泰一看看手錶，不禁說：

『早上七點鐘吃火雞？到哪裡找？』

『又是啊。』真莉撇撇嘴，顯得有點失望。

『有個地方也許可以試試看。』泰一想了想，掉轉車頭，駛上另一條路。

『啊……對了……我準備了一張聖誕卡送給妳。』泰一手握著方向盤，另一隻手打開儀表板上的雜物箱。

『送給我？你太客氣了！』真莉既驚且喜，咧開嘴笑笑。

『希望妳喜歡。』泰一從雜物箱裡拿出一個紅色的信封塞給真莉，信封上寫著『真莉』兩個字。

真莉覺得這兩字看著眼熟，一時卻想不起是誰的字。她打開信封，把裡面的聖誕卡拉出來。紅色的聖誕卡上有個雪人，這張卡片她覺得似曾相識，連忙看看裡面寫些甚麼。她一看到上面的字，不禁嚷了起來。

『天哪！為甚麼會在你這裡？』

這張聖誕卡是媽媽九六年聖誕跟一個包裹一起寄給她的，裡面還提到媽媽送她的那套紅色羊毛胸罩和內褲。真莉尷尬極了，皺著眉說：

『又是在文件袋裡找到的嗎？』

『品味這回事原來是有遺傳的。』泰一憋住笑說：『紅色的羊毛雪人胸罩和內褲，我的天！妳不會穿吧？』

真莉噘著嘴，腦袋一揚，說：

『當然沒有！香港這麼熱，會生痱子的呀！你喜歡的話，送給你好了！我早知道你不會無緣無故送我聖誕卡！』

真莉說完抓起放在膝蓋上的那個米黃色文件袋，仔細往裡面再看一遍，又把它倒過來甩了甩，喃喃說：

『唉……太冒失啦我！』

突然之間，她狐疑地盯著泰一，問他：

『你到底還有沒有藏起我的甚麼東西？』

泰一衝她笑笑，只說了一句：

『這裡面還能裝那麼多的東西嗎？』

後來，泰一把車子停在文華酒店外面。他一進去咖啡室，那位中年的男經理就認出他是林家少爺，對他很恭敬。不一會兒，那人果然張羅了一隻巨大的火雞來，甚至還跟泰一說：

『很抱歉，時間太早，暫時只能找到這麼大的火雞。』

真莉一邊啃著火雞胸一邊揶揄泰一說：

『林家少爺果然不同凡響呢，有錢就有這種好處，不但吃到火雞，連火雞太太都要向你道歉！』

『啊呀……妳這是歧視有錢人麼？』

真莉噗哧一笑，說：

『噢，我還想吃鬆餅，這裡的鬆餅和鮮奶油特別好吃！』

泰一誇張地皺了皺那兩道烏黑的劍眉說：

『我還從來沒見過不節食的女孩子，妳這樣下去，早晚會胖得擠滿一張椅子！』

真莉笑出聲來，說：

『我等了你一晚，肚子很餓呀！快告訴我，你為甚麼會做電台節目！』

『這家電台的老闆是我奶奶的好朋友，他去年找我在電台主持節目，可我不想做那麼長的時間。』

『那麼說，林老奶奶知道你做這個節目？』

『她不知道，她很早就睡覺，不會聽到。只有妳一個知道。』

『噢，我會守秘密的，但你為甚麼要這麼神秘？』

『妳習慣很晚才睡，對不對？』

『嗯……跟這個有關係嗎？』

『妳會不會告訴別人妳半夜都做些甚麼？』

『不會主動提起就是了。』

『為甚麼？』

『我沒想過為甚麼。』真莉在剛剛送來的一塊鬆餅上塗上一層厚厚的鮮奶油，咬了一口說：

『也許是……一個人半夜三更做的事太無聊吧！』

泰一臉上露出一個同意的微笑說：

『所以，我也只是沒有特別提起，夜闌人靜的時候是一個人很個人的時光。妳沒聽過一句話嗎？那句話說——懂得欣賞長夜的人，是比較接近永恆的。』

『說得好！是誰說的？』

『我說的！』泰一眨眨眼睛。

真莉樂得笑彎了眼睛，她揩了揩黏在嘴角的一抹奶油，又問：

『但為甚麼要挑聖誕前後的日子做節目，而不是其他日子呢？是有特別的意思嗎？』

『嗯……這個嘛……也許是……這段時間我想跟一個人說話，她也是不愛睡覺，她會聽到……』

真莉聽完甚麼也沒說。她心裡不禁想，泰一指的那個人該是個女孩子吧？說不定就是紫櫻。

她沒追問下去，她覺得每個人都有自己的秘密。她也並沒有問泰一收到那些信之後，有沒有聯絡紫櫻。

真莉想起紫櫻寫給泰一的最後一封信上，正是約他在文華酒店咖啡室見面的，就是她現在身處的這個地方。

chapter ☆ three

一封情信 只能給一個 人 看，

一首情歌卻讓許多許多的 人都 聽到，

就好像把一紙 情信摺成了一隻會唱歌的紙鳥擲出去似的，

一路飛來，沿途 留下了歌聲。

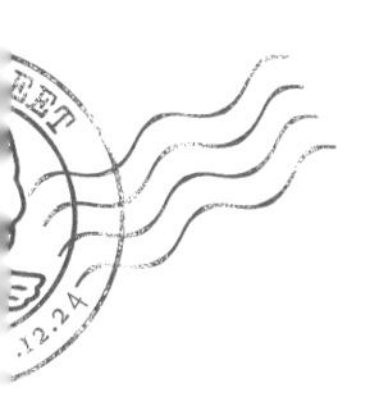

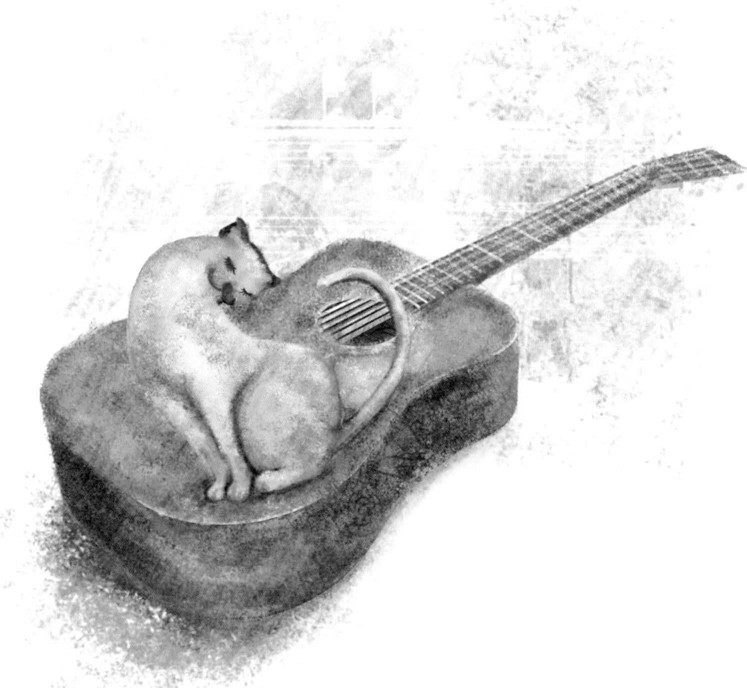

CHRISTMAS
EVE
SLEEPLESS
STREET
1996.12.24

1

一九九七年一晃眼就過去了，一休的節目也像去年那樣，一過了除夕就憑空消失，沒有留下一句道別的話。真莉卻不再像去年那麼失落了，她知道明年這個時候，還有明年的明年，長夜裡，一休會重來。

何況，一休走了，泰一卻沒走，她還是可以聽到那把動人的嗓音。自從她知道一休就是泰一，泰一也知道了那四封信的故事，彼此之間的感情似乎跨進了一大步。真莉從來就沒跟男孩子做過要好的朋友，她卻一直相信男女之間是可以有友情的，這種感情甚至比愛情悠長，沒有背叛，也沒有分手，只有美好的相聚。

她想起一九九六年十二月的那些漫長夜晚，她曾經幽幽地愛上了一休的聲音，那種感覺就像嚮往著一個素未謀面的人。後來，從她懷疑泰一就是一休，到她終於發現一休就是泰一，那種嚮往之情從未消滅。

泰一擁有她最嚮往的一把聲音，卻不是她最嚮往的人。他老是拿她開玩笑，尖酸刻薄地取笑她，她會找機會還擊他。她總覺得他心裡有一股狂風暴雨，就像他們初次在林家大宅外面匆匆一見的那天，下的那種大雨。她摸不透他。有時候她想：『啊……要是他不那麼富有，也許會好一些。』

一九九八年三月，藍貓的故事拍完了，真莉和曼茱開始著手剪接。在電影系大樓的剪接室裡，真莉的眼睛盯著放映機，重複又重複地看著她們幾個月來拍下的許多零碎的片段，她發現泰一那雙大眼睛在鏡頭下好像會說話似的。有時候，真莉一邊看一邊撇著嘴笑，想起他那些刻薄的笑話，他說她『品味真是有遺傳的！』又說她：『妳不會是有色盲吧？上身穿橙色，下身穿黃色，就好像一個香吉士檸檬壓在一個香吉士橙底下！』

有一次，她看到一段毛片，想起她拍那段片的那天就是這麼穿，不自覺笑了起來。

『妳笑甚麼嘛？』曼茱好奇地問她。

『沒……沒甚麼，只是突然覺得好笑。』她憋住笑說。

『我發現妳一看到泰一就笑！妳不會是喜歡他吧？』曼茱又發揮她那包打聽的本色。

『才沒有啦！』真莉抬抬手說。她沒告訴曼茱，泰一就是一休，這是她和泰一之間一個小小的秘密。

許多個夜晚，曼茱走了，真莉還留在剪接室裡。夜闌人靜，她望著那台放映機，覺得眼睛睏了，就索性閉上眼睛，挨在那張有輪子的靠背椅子上，仰起頭，光光聽著片段裡的聲音。泰一那把嘶啞而獨特的歌聲在小小的、幽暗的剪接室裡迴蕩。只要真莉一閉上眼睛，他就變成一休了。他那首描寫沒能趕去跟紫櫻道別的歌，當時還沒有名字，後來有了，叫作〈幽幽的身影〉。真莉喜歡這首歌，她每次聽到都會跟著哼起來，她思忖：

『有個寫歌的情人該多好啊！一封情信只能給一個人看，一首情歌卻讓許多許多的人都聽到，就好像把一紙情信摺成了一隻會唱歌的紙鳥擲出去似的，一路飛來，沿途留下了歌聲。』

那些單獨剪片的夜晚，真莉做完了工作，孤零零地離開學校，走在回家的路上時，會不期然留意一下那些在她身邊經過的深綠色的吉普車，這些車子跟泰一那部車一個樣。她有點懷念跟泰一同車的那些晚上。她想：『雖然他愛取笑我，但是，有個人作伴真好！』

既然這齣紀錄片已經拍完，她想，她也許不會再見到泰一了。她拍『收到你的信已經太遲』的時候，跟其中幾個幕後工作人員都很談得來，但是，戲拍完了，大家都有自己的生活，不會再見面了。陸子康不用說，她連大飛都沒見，他一失戀就跑了去戈壁沙漠拍片，不知道回來了沒有。

她告訴自己，拍片的生活就是這樣，曲終人散去。她必須學著去適應和習慣。然而，拍完片的兩個星期後，一個涼爽的夜晚，泰一突然來到路克書店。當時真莉正坐在櫃台裡，低下頭看一本雜誌看得出神，突然聽到幾聲敲櫃台的聲音，她心裡還忖著是誰這麼沒禮貌。她抬起頭，卻看見泰一挨著櫃台，正衝她咧嘴笑著，她不禁叫了出聲：

『哎呀！你怎知道我在這裡？』

泰一聳聳肩說：

『妳說過書店在蘇豪區，我問過人了，蘇豪區就只有這家書店賣法文書。』

泰一在書店裡瞄了瞄，隨手拿起幾本雜誌翻了翻，問真莉：

『這家店開了多久？』

『嗯……大概一年多一點吧，我也不太清楚。』

『老闆呢？』

『他出去了，大概是在對面那家咖啡店吧。噢……你為甚麼來？』

『我經過這附近，順便來看看。』他隨手挑了幾本雜誌，遞給真莉說：『我買這幾本。』

『哦？你會看法文的嗎？沒聽你說過！』

『我會看圖片！』泰一拿出信用卡說。

真莉噗哧一笑，接過那張信用卡說：

『嗯……我給你打折吧！』

『還沒下班嗎？』

真莉看了看手錶，說：

『哎……現在才八點鐘，還差三個鐘頭呢！書店是十一點鐘關門的。不過——』她眼珠子轉了轉，戲弄他說：『要是你把這裡的書全都買下來，我便可以早點下班。』

『好吧！』泰一爽快地說。

她嚇得瞪大眼睛看著他。他那副認真的樣子一點都不像說笑。她笑了，覺得他是在作弄她，於是，她衝他說：『神經病！』

她說完就把他要的雜誌放在膠袋裡，連同他的信用卡一併還給他。他說約了朋友吃飯，咧咧嘴笑了笑告辭了。

泰一剛走，路克就回來了。他手上拎著個小小的蛋糕盒，經過櫃台時，把盒子擱在櫃台上，說了一句：

『真莉，這個給妳。』

真莉怔了怔。她打開盒子，裡面有一塊正方形的巧克力蛋糕，是對街法式小店賣的那種，她常常買來吃。她望了望路克，只看到路克羞紅了臉，現出他那兩個酒窩，說：

『妳好像很喜歡吃這個。』

真莉一時說不出話來。她以為路克從來不注意她，原來他知道她喜歡吃這個蛋糕。她想說聲謝謝，他已經飛快地躲到他的辦公室裡去了。路克讓她摸不著頭腦，泰一今天也有點奇怪，他竟然沒拿她開過一句玩笑，也沒有取笑她。

『今天發生甚麼事了？不過就是一個普通的星期五晚上吧！』真莉吃蛋糕的時候，好笑地想。

十一點鐘，書店打烊。真莉抓起背包，走到路克的辦公室門口，探頭問他：

『我走了，要不要我替你把外面的燈關掉？』

『我也要走了！』路克連忙推開椅子站起身來，那模樣好像準備跟她一塊走。

兩個人走到樓下時，那家法式小店和越南餐廳外面的露天桌椅還坐著幾桌客人，歡笑聲在昏暗的長巷裡飄蕩。真莉跟路克並排走著，心裡充滿了奇怪的感覺。她來書店兼職超過一年了，路克從來沒像今天晚上這樣跟她一塊離開。他臂彎下面夾著一本書，雙手插在褲子的口袋裡，默默在她身邊走著。她只希望這段路可以快一點走完，用不著尷尬。路克卻突然開口說：

『妳的法文是在哪裡學的？』

『啊……在法國文化協會。』

『妳去過法國沒有？』

『噢……我還沒去過呢。』

『巴黎的五月很漂亮……』

『哦？是嗎？』真莉漫不經心地應了一聲。

突然之間，她老遠看到泰一那輛吉普車就停在巷口，街燈的陰影下，她瞧見他那朦朧的身影站在車旁，她連忙快步走上去。燈光下，她方才看清楚果然是泰一，他兩手交臂靠在車門上，咧開嘴朝她笑了笑。

『哎呀呀……你還沒走嗎？』她不禁叫出聲來。

『我剛吃完飯，看看妳要不要坐順風車。』泰一直起身子說。

『噢……好極了！』

這時，真莉發現泰一的目光越過她頭頂望著她身後某個人，臉上的表情突然凝住了。她猛然想起她剛剛太高興，把路克甩在後面了。她匆匆回頭看看路克，路克從巷子的陰影裡走出來，臉色變了，今天晚上那種難得的羞怯的微笑乍然消失。真莉又轉回來看看泰一，他的笑容也不見了。真莉站在這兩個男孩子中間，三個人就像一條直線上的三點，面面相覷，好長時間裡都沒有人說話。

泰一終於開口，口吻卻跟平時很不一樣。一向以來，只要他不嘲笑她的時候，他總是風度翩翩的，這一刻，他打開車門，看了她一眼，語氣好像吩咐她似的，說：

『上車吧！』

『再見了，路克。』真莉有點尷尬地跟路克說了一聲，便匆匆爬上車，她甚至沒細看路克的表情。

泰一一言不發，把車子朝右拐去，緩緩駛下一條坡道。真莉正想開口，泰一倒是先問她：

『妳為甚麼會跟他一起？』

『他？他就是路克啊！書店的老闆。你們兩個認識的麼？』

泰一的嘴唇往下抿了抿，甚麼也沒說。真莉還從來沒見過他這樣子的。他那雙大眼睛一笑不笑，若有所思地望著街燈迷濛的前方，車子也開得愈來愈快，一駛上公路，他就高速飛馳，快得彷彿飄了起來。

真莉嚇得抓住旁邊車門上的扶手，一個想法突然閃過她腦海。

『噢……難道……』她思忖：『他不會是妒忌吧？』

她偷瞄了泰一一眼，立刻又為自己這種想法覺得很傻。泰一這種人根本就不會妒忌別人。何況，她又不是他女朋友。她心裡想，他肯定又是在鬧那種富家子的怪脾氣，不知道誰開罪了他。

她靜靜地坐著，由得他鬧情緒。那是他們相識以來唯一的一個夜晚，他送她回家的路上，他們加起來只講過兩句話。她突然覺得有一種說不出來的寂寞，倒寧願他像平常一樣挖苦她。

她納悶地望著車外的夜色，喃喃地說出一長串法文。自從在路克書店兼職以後，她的法文進步神速；不過，說起法文來，終究還是像個異鄉人說著人家的語言，那嘛嘴的模樣卻可愛極了。

泰一終於忍不住轉過頭來看她，皺了皺眉問她：

『妳剛剛說甚麼來著？妳在說法文嗎？』

『啊呀……他終於說話了，哼……我偏要戲弄他！』真莉心裡思忖。她朝泰一微微一笑，說：『你真想知道？』

他聳了聳肩，故意裝出一副聽不聽都無所謂的樣子，略帶好奇的眼光卻沒離開她。

『剛剛是兩個人在說話——你好嗎？我不好。你為甚麼不好？我心裡有狂風暴雨。你心裡為甚麼會有狂風暴雨？噢……要是我知道為甚麼，我便不用被關在這家瘋人院裡啊！』

她說完，憋住笑望著泰一。泰一挑挑那兩道烏黑漂亮的劍眉沒好氣地說：

『我車上載著的就是個瘋子！』

幾天後一個寧靜的星夜，泰一突然登門拜訪。他懷裡揣著一個漂亮的大禮盒。真莉打開門時，他一隻手撐在門框上，臉上掛著個微笑，真莉心裡想：

『啊呀……大少爺鬧完情緒了！』

『妳在家裡做甚麼？』

『溫習啊！過兩天有個考試。』

他一進屋裡，就把禮盒打開，只見一層層包裝紙下面露出一件白襯衫和一條牛仔褲。她伸出手去摸一摸，那件白襯衫的料子又舒服又柔軟。

『拿出來看看。』他笑盈盈地說。

她把那件襯衫從盒子裡拿出來揚開看看，她覺得好像從沒見過這麼漂亮的白襯衫。它的樣式很簡單，不過就是尖翻領、長袖，袖口貼邊約莫三吋寬，前襟總共有六顆白色的鈕扣，衫身寬寬的，下襬是平腳的，長度剛好塞進褲頭裡不怕走出來。然而，愈簡單愈是難好看，這件襯衫的顏色卻白得矜貴。她又把那條牛仔褲揚開來看看，那是最流行的款式，低腰、褲頭約莫兩吋寬，褲管是直的，褲腳卻是小闊腳，這種設計一般是用來配襯短統靴的。整條褲子的顏色染得才漂亮，是湛藍色的，像午後明媚的天空。

『試試看。』泰一笑笑說。

真莉快步走進睡房。她帶上門，匆匆甩開腳上的拖鞋，把身上的運動衫褲脫下來，先穿上白襯衫，然後把一雙腿擠進那條牛仔褲裡。她扣上鈕扣，把衫腳塞進褲子裡頭，跑到衣櫃旁邊那面落地的長身鏡子面前看看自己。

白襯衫和牛仔褲穿在身上比起光用眼睛看更漂亮了。她順順長髮，把一邊的頭髮掠到腦後，露出耳珠，挺挺胸膛，忍不住看著自己的模樣微笑。

『我可以看看麼？』泰一在門外說。

她連忙跑過去開門。

『我好看嗎？』她一邊嚷一邊退後幾步，讓他看得清楚些。

『妳本來就該這麼穿。』泰一靠在門框上說：『轉個身看看。』

真莉轉了個身，又轉回來。她挺了挺身子，又開一條腿站了一會，又把身子重心從一條腿挪到另一條腿上，就像天橋上的模特兒。她知道自己這樣穿很好看。

『啊……我沒想過原來我也可以穿牛仔褲！』她低下頭去摸摸兩條大腿，褲子和大腿的皮膚之間剛好還有一點空間，穿起來挺舒服，看上去卻又不胖。

『那得要看看是甚麼牌子。』他說。

她說完跑過去鏡子面前看看，這條牛仔褲讓她一雙腿看起來瘦了又長了，那襯衫把她雪白的皮膚襯托得更白。

她又從鏡子那邊跑回來，喜孜孜地說：

『我以後都可以穿牛仔褲了啊！』

『妳這雙腿根本不胖也不短，只是妳以前的品味實在可怕；再說，愈簡單的衣服愈適合妳，妳只能穿黑色和白色，頂多襯一點粉紅粉綠，那些大紅大紫的顏色只有大美人能穿。』他臉上露出一絲譏笑，又說：

『妳幹嘛把鈕扣差不多全扣上？』

真莉低頭看了看自己，她只鬆開了襯衫的第一顆鈕扣，她一向如此，不覺得有甚麼問題。

他的視線落在她胸前的幾顆鈕扣上，皺皺眉說：

『女孩子穿襯衫，至少要鬆開兩顆鈕扣，否則跟男孩子有甚麼分別？當然，你如果有得是條件，可以再多鬆開一顆。』

真莉不禁羞紅了臉，她尷尬地轉過身去，鬆開襯衫的第二顆鈕扣，然後又轉過來看看鏡子，她發覺這樣果然好看些，也時髦些，整個人彷彿又拉長了一些。她抽了抽有點鬆的褲頭，滿意地笑了。

她轉過頭來看泰一，想看看他讚許的目光，卻看到他正動手把自己褲頭上那條黑色的皮帶脫下來。

『你……你幹嗎脫褲子！』她嚷了起來，以為他在打她的壞主意。

他把從自己身上脫下來的皮帶丟給她，說：

『試試看。』

她伸出手去抓住那條銀色扣環的皮帶，這才知道自己誤會了，只好裝出一副若無其事的樣子，低下頭去把那條皮帶穿進褲頭上的皮帶孔。這條皮帶剛好穿過兩吋寬的皮帶孔，就是長了點，帶尾繞到旁邊，扣針孔也沒那麼多，只好不扣扣針。她抬起頭朝鏡子端詳自己，發現這身打扮加上這條漂亮的皮帶簡直是天衣無縫，她剛剛一直覺得欠了點甚麼，原來就是這件小東西。

『這條皮帶可以剪短的，妳拿去用吧！』泰一說。

『這件襯衫和牛仔褲要多少錢？』她突然撇撇嘴問他。

『送給妳的。』泰一咧嘴笑笑。

『啊……那怎麼行？』她嚷著說。她覺得自己沒理由接受他的禮物。這件襯衫和牛仔褲一定不便宜。他很有錢，也許不在乎；可是，他又會怎麼看她呢？

『我一定得付你錢。』

『我又不是來賣衣服的！』他掃了她一眼，邊走出客廳邊說。『哎，好吧，要是妳堅持要付錢，等妳將來賺到錢，再慢慢還吧！』

她目瞪口呆，問他：『是很貴嗎？』

她早該猜到他買的東西都很昂貴，是她負擔不起的。她朝鏡子瞥了一眼，這身衣服她太喜歡了，捨不得脫下來。她咬咬牙，走出客廳，問他：

『你買了多少錢？』

他坐在沙發上，蹺起二郎腿，朝她豎起五根手指。

『天哪！要五千塊！我立刻脫下來。』

『是五百塊！』

她半信半疑地盯著泰一，心裡覺得他是怕她付不起，胡亂說個價錢的。

他嘴角往下撇，自嘲也嘲笑她說：

『妳以為我只會買昂貴的東西？我不是跟妳說過嗎？不是要有錢才有品味的。』

她衝他笑笑說：

『要是我有錢，我才不介意別人說我只會買昂貴的東西呢！不過，五百塊實在太便宜了，我現在就可以給你！』

真莉心裡還是有懷疑的，但是，她沒法判斷泰一說的是真話還是假話，這件襯衫和牛仔褲的牌子都是她沒聽過的。她也看得出來，泰一好像已經受到一點傷害，要是她再堅持下去，他會生氣的。她思忖：

『我可以買一份禮物給他，那便不算佔他便宜了。可是……他好像甚麼都有啊！』

『另外，我還有個條件的。』他隨手拿起旁邊花瓶裡的一朵鬱金香，把花瓣一片片的摘下來往後丟，皺皺眉問她：『我早想問妳了，為甚麼妳家裡放的全是假花？』

『我媽媽移民前是在假花公司當秘書的呀！你說的是甚麼條件？』

他又摘下一片花瓣，瞥了她一眼，說：

『從明天起的兩個星期，要是我想，我隨時都可以上來過夜。』

她簡直嚇呆了，紅著臉問他：

『哎呀……你說甚麼？』

『妳幹嘛慌成這副模樣？我是說，我可以睡在這張沙發上。』他抬起一條腿擱在沙發上，說：『這張沙發挺舒服。』

『你家裡這麼大，為甚麼要來我家睡沙發？』她猜不透他。

他那雙黑眼睛看著她，沉默了片刻之後，聳聳肩說：

『我爸爸明天回來，我不想跟他吵架，只好避避風頭。』

『你們合不來嗎？』

『他覺得組樂隊是不務正業，他也不喜歡我的音樂。』

『可你奶奶支持你啊！』

泰一嘴角露出一絲苦笑，說：

『我爸爸不像他媽媽，也不像他爸爸，他不愛做夢，也不相信夢想，他只做有利可圖的大生意！』

真莉不禁想起在林家大宅第一次見到林老奶奶的那天，她對她說，林家的男人都很固執和死心眼。

『你不用睡沙發！』她咧開嘴朝他笑笑說：『你可以睡我爸媽的房間！』

『啊呀……妳真慷慨！』他從沙發上站起來，憂鬱地笑笑，說了聲『再見』就離開。

第二天，真莉把爸媽的房間收拾乾淨。她從沒試過跟一個男孩子同處一室，他還要在這裡過夜呢！她想起都有點臉紅。然而，她思忖，泰一是不一樣的，他是她好朋友，他們兩個就像一對好姊妹或是好兄弟，即使睡在同一張床上，也不會發生甚麼事的。

『啊……就是睡在一張床上也不會有事發生！』她想著想著，不禁覺得這個情景很美麗，有點像電影，是一種多麼讓人嚮往的友情！

然而，到了晚上，泰一並沒有來。接下來的幾天，真莉都沒見到他。她不禁幽幽地思念著他。不管是她夜裡獨個兒留在學校的剪接室裡剪片，還是在路克書店裡忙著，她總想快點回家等他。

路克自從那天見過泰一之後，就再沒怎麼跟她說話了，那難得的笑容也沒有在他臉上重現。他又回復原來那副沉默的樣子。真莉覺得自己彷彿一點都不了解男孩子，她不知道他們腦子裡到底想些甚麼。明明說好了會來又不來。她不是盼望他，她是擔心他。

她覺得好像從沒這麼擔心過一個人。泰一跑哪裡去了？他會跟他爸爸吵架麼？還是他們沒吵架，所以泰一不用來她家借宿？

『啊……要是這樣，他也該告訴我一聲！』過了一個禮拜，她不是擔心，而是有點生氣了。她開始在心裡咒罵他，罵他不該不來過夜。

她又想，泰一說不定嫌她家裡侷促，住旅館去了。他也可能去了山城或柴仔那兒，男孩子的家畢竟比較方便。

『哼……我不要等他！他不來最好！』她賭氣地跟自己說。

接下來的幾天，泰一還是連個影兒都沒有。真莉也懶得去想他了。這時已經是四月初，藍貓的故事她剪輯了幾個版本，還是不太滿意，總覺得該補充一些資料，時間卻不剩多少了。她五月便畢業，總不能等到畢業才交功課吧？曼茱也催了她幾次，叫她別那麼認真，隨便一個版本都已經很好。

這天半夜，外面下著四月的梅雨，雨愈下愈大，啪嗒啪嗒的打在窗子上。真莉坐在書桌前面，眼睛望著電腦屏幕，一隻手支著下巴，另一隻手按著桌上的滑鼠。半小時前，她突然想起或許可以上網搜尋一下藍貓的資料。藍貓一定有些歌迷的，她想知道其他人怎麼說藍貓。

她輸入『藍貓』兩個字，果然發現許多跟藍貓有關的資料。不過，她看了十幾頁，所指的藍貓都不是樂隊，而是其他東西。她覺得眼睛有點睏，就把電腦關掉，站起來伸了個大懶腰。

距離上一次泰一來的時候，已經快兩個星期了。她不知道他去了哪裡。不過，不管他在哪裡，他也是還沒睡吧？他跟她一樣，都是愛上黑夜的貓頭鷹。她走到窗前，把窗子推開一些，手肘支在窗台上看雨。

她看了一會，想把窗關上。這時，她突然看到一輛熟悉的車子駛來，停在對街一盞迷濛的街燈下。一個人影從車上走下來，打開一把傘，朝她這邊走來。除了他，她從來沒見過一個打著傘的男孩子這麼瀟灑。她禁不住嘴角露出一絲微笑。

她走去開門的時候，看到泰一站在門外，這一次，他的手沒有撐在門框上，而是拿著一把濕淋淋的雨傘，另一隻手卻放在身後。

他臉上掛著一個微笑，身後的那隻手伸出來，手裡拿著一大束新鮮的白色梔子花，說：

『送給妳！我實在受不了妳滿屋子的假花！』

『假花不會凋謝啊！』她滿心驚喜地接過那束沾著雨水的花。

『不會凋謝的花有甚麼好！』他邊說邊走進屋裡，把雨傘擱在外面。

『啊呀……好漂亮！是你家花王種的嗎？』她關上門，背靠在門上，把那束梔子花湊到鼻子前面聞了聞。那束花芳香撲鼻，她隨口問了一聲：『你這幾天到哪裡去了？』

『妳是想念我麼？』泰一突然一手撐在門上，那雙黑眼睛定定地俯視她。這一刻，她和他之間只隔著一束梔子花的距離。

真莉臉窘得緋紅，感覺自己的心跳加速。她想往後縮，背後卻是門。泰一剛剛那句話彷彿還在她耳邊縈繞，他嘶啞沉渾的聲音又讓她想起一休，這一切都好像不是真實的。她心裡想：『噢……他又想戲弄我了！』

她沒好氣地翻翻眼睛，瞥了他一眼，說：

『誰想念你了！你別拿我開玩笑！』

她說著向左邊滑開一小步想走出去。他卻猛地把另一隻手也撐在門上，不讓她走。現在，她無路可逃了。他逼得她腳跟抵住門，她幾乎聽到他的呼吸聲，那呼吸聲又急又快。她舉目看著他，他那雙清澈的黑眼睛充滿了柔情和羞怯。

『妳明知道我喜歡妳！』他滿是愛戀的聲音說。

她眨了一下眼，微顫的聲音說：

『你從來沒說過你喜歡我！』

『妳知道的！我第一次在天琴星看到妳就愛上妳。妳不可能看不出來。但妳假裝不知道！因為妳不相信我喜歡妳！根本妳看不起我這種人！』

『你瘋了，我為甚麼看不起你！』

『妳覺得像我這種人是不會認真的！』

『啊……』她咬咬唇說：『男人都是這樣，引誘女人愛他，然後說：「謝謝啦！你弄錯了！」我不喜歡你，你也不至於喜歡我吧！』她這句話卻不是真心的。

『妳為甚麼怕我？』他彷彿受到了傷害，那雙眼睛牢牢地盯著她看。

『我……我不怕你……我幹嘛要怕你……』她往後縮，身體在門上磨蹭，嘴裡喃喃說：『你……你又不是獅子老虎……』

『妳怕我吻妳……』他嘛嘛嘴說，他的氣息近得彷彿在她的臉上低語。

『我才不怕……』話剛說出口，她就後悔了，這時她才發現，他們剛剛每一句話都說得像調情。她紅著臉，仰頭看了他一眼，他那模樣多傻啊！彷彿頭一回戀愛似的。她噗哧一聲笑了，突然之間，他滾燙的嘴唇貼在她顫抖的唇上，他的鬍碴蹭著她的嘴。接著他濕暖的雙手沿著她的手臂往上撫摸，她兩條胳膊軟軟地垂了下去。他開始吻她了，不緩不急，吻得滿是柔情和愛戀，還從來沒有人這麼吻過她。她閉上眼睛，踮起腳尖，感到他的胸膛抵住她的身體。她兩條手臂情不自禁地摟著他，手裡仍然握著他送的花。她腦子一片空白，只聞到他的鼻息夾雜著四月的梔子花香。她感到發燒暈眩，被他吻得快要斷氣了。他的嘴唇這時才一點一點地、依依不捨地離開她的嘴唇。她抿著嘴，慢慢張開眼睛，羞怯地瞧著他。

『妳還怕我麼?沈真莉?』他嘴角淺淺一笑，問她說。

『你又不是獅子老虎……』她咬咬上唇，臉上掛著一個剛剛被人吻過的、羞紅的微笑。

『要是我再留下來，我說不定會變成獅子老虎的。』他說完，嘴唇在她長長的睫毛上蹭了一下。

『明天見！』他擰開門把，跟她揮了一下手就走出去，順手把那扇門帶上。

她重又背靠在門上，手裡握著花，絲絲回味著剛剛發生的一切。她不禁取笑自己，她心裡想：

『我嚮往的那種男女之間的友情根本是沒有的呀！』

她快步跑到窗前，推開窗子，外面依然下著滂沱大雨，就像她第一次見到泰一的時候下的那種雨。她手肘支著窗台等待著。片刻之後，她看到他那高大的身影打著傘，一路踩著水花跑過對街，然後上了車。車燈亮了起來，她看著他的車子朝著迷濛雨夜駛去，漸漸離開了她的視線。她關上窗，轉過身來，臉和手肘都沾了雨水。她背靠在窗台上，偏了一下頭，嘴角皺了皺，嗅聞著那束花，禁不住笑了出來，喊了一聲：

『天哪！』

她聽到這把聲音，才相信自己剛剛並不是做夢。

雨還是下個不停，真莉嘴裡哼著一首藍貓的歌，把插著梔子花的花瓶擱在書桌上。她俯身嗅聞了一下花香。然後坐下來，盤起一隻腿，眼睛盯著電腦屏幕，一隻手按著滑鼠移動，繼續搜尋藍貓的資料。她臉上一逕掛著微笑，想起泰一告訴她，他頭一次在天琴星看到她時，就愛上了她。

『啊……我怎麼沒想到呢！當時他明明不答應拍紀錄片的；當他轉身一看到我，突然就答應了。』她甜絲絲地忖道。

她又想：

『就是啊！他要不是愛上我，為甚麼總是碰巧遇到我一個人等車，然後送我回家！』

她禁不住拍拍額頭，覺得自己真是個傻瓜。她不是一直沒看出來，就是一直想說服自己不要愛上泰一，他這個人太沒安全感了。要是他不肯先開口承認，她是決不相信他喜歡她的。

她換了一隻腿壓在另一隻腿下面坐著，笑盈盈地想，她和泰一做不成朋友了！要是可以相愛，幹嘛要做朋友呢！真是的！她一路搜尋下去，突然，她看到這一行——一九九四年的藍貓。噢，那時她還沒認識他們。這藍貓是不是她想找的藍貓呢？她按了一下滑鼠，電腦跳出一段文字和一張逐漸顯現的照片。那段文字寫著：

一九九四年，藍貓樂隊組成，當時有四位成員——主音山城、鼓手柴仔、低音吉他手泰一和吉他手小克——

『小克？小克不就是紫櫻信裡提到的那個小克嗎？她後來跟小克一起，那就是藍貓為甚麼變成三個人！』真莉心裡想。

她牢牢地盯著電腦屏幕，先是看到四個頭頂，然後是額頭，她緊張地等著。突然之間，她臉上的笑容僵住了。她看到站在泰一身旁的那個人是路克。

泰一、路克、山城、柴仔四個人肩並肩地站著，泰一和路克站在中間，泰一的手搭在路克的肩膀上。

原來路克就是小克！為甚麼泰一沒告訴她？她想起那天晚上，泰一見到她跟路克一起的時候，本來笑著的臉突然繃緊。在車上，她問他們是不是認識的，他並沒有回答她。那天晚上，他的心情糟透了，車子在路上狂飆，嚇得她抓住車門的扶手。她從來沒見過他那麼可怕，還以為他在鬧情緒。幾天之後，他送她襯衫和牛仔褲。今天晚上，他又突然冒著大雨跑來，柔情蜜意地說愛她。

真莉望著電腦上那張照片，嘴巴發著抖。路克一定是離開藍貓之後才開了那家書店的，所以泰一並不知道那家書店屬於他。當他看到她跟路克一起時，他以為路克想追求她。

天哪！他只是妒忌路克，想向他報復。

真莉氣得想哭，泰一為甚麼要這樣對她？他頭一次在天琴星見到她時，一聽到曼珠說她的名字就轉過身來。他當時並不是愛上她，而是想知道那四封信的始末。他後來找機會接近她，也是為了這件事情。他念念不忘的是那個紫櫻。她竟笨得相信他今天所說的每一句話。

她關掉電腦站起來，氣得兩腿發抖。她想不起甚麼惡毒的詞語來罵他。她抓起花瓶裡那束梔子花，狠狠地丟在地上，使勁地用腳踩，氣得哭了。

2

第二天，她不接泰一的電話，由得它不停地響。她不想再聽到他曾經喜歡的那把聲音，她以後都不想再見到他了。夜裡，她人在家裡，一盞燈也不開，免得他看到屋裡有光，知道她在家裡。

她多後悔讓他吻過啊！他是個徹頭徹尾的混蛋！

一連幾天，她躲著他。終於，他沒再打電話來了。她想，那很好啊！她不用聽他說謊了。

這一天，她不得不回學校去剪片，那齣紀錄片趕著要交給教授評分。午夜十二點鐘，曼茱先走了，留下她一個人在剪接室。她挑出了最後一個鏡頭，那是泰一、山城和柴仔三個人在天琴星後台幽暗的走道上走著的背影。真莉在片末配上泰一寫給紫櫻那首〈幽幽的身影〉。

『多諷刺啊！』她心裡恨恨地想。

這齣紀錄片終於完成了。她和泰一的故事也完了。她收拾東西，離開學校回到家裡的時候，已經是半夜三點半鐘了。

她和著衣服趴在床上，頭鑽進枕頭底下。這些天來，她還是頭一次擰亮了床邊的一盞燈。她突然覺得整件事就像做夢似的，並不真實。從一九九六年暑假拍的那齣電影開始，一切都是電影。她偷看了別人的信，這就是她得到的懲罰。她被那隻混蛋藍貓抓傷了，全因為她可惡的虛榮心，以為別人愛她。

她再也不要愛任何人了！

突然之間，她聽到一串門鈴聲，整個人禁不住抖了一下。這個時候，除了泰一，不會是別人。

『他還敢來！』她氣上心頭，下了床，快步走去開門。

他一手撐在門框上，看到她時，他痛苦又不解地質問她：

『妳為甚麼躲我？』

她堵住門沒讓他進來，仰起頭，下巴氣惱地噘起來，瞪著他說：

『路克就是小克，你為甚麼不告訴我？』

他微微驚訝，嘴唇往下抿了抿，一句話也不說。

『你以為他喜歡我，對吧？所以你才會跟我說那番話，說甚麼你喜歡我！你以為你是誰！可以拿我來向你的情敵報復！』她氣呼呼地說。

他那雙黑眼睛久久地瞧著她，赤裸裸的，充滿了失望，看得她有點心寒。

『妳認為我是那種人？』他的自尊心受到了傷害。

她看了他一眼，說：

『你真夠混蛋的！我再不想知道你是甚麼人。』

他沉默了一陣，憂鬱的目光看著她，平靜地說：

『沈真莉，妳從來不知道自己長得多美，多可愛，妳充滿活力，妳有靈魂，我從一開始就情不自禁愛上妳，我還從來沒這麼愛過一個女孩子，所以，就連我自己都覺得害怕。我說了會來借宿卻沒來，因為我害怕我愛妳，但妳拒絕我。不過，我還是來了，因為我想碰碰運氣，但是，妳根本不想過得幸福！』

真莉聽到這話，心裡直翻騰，她覺得腦子一片混亂，臉孔起了波動，想開口說些甚麼，泰一突然從上衣的口袋裡掏出一張信紙交給她。她怔了怔，打開來一看，那是她寫給陸子康的信，寫好之後並沒有寄出去。

『對不起，我不是有心看的，這封信就放在那個文件袋裡，那天一起塞到我的信箱。』泰一看了她一眼，靜靜地說。

她啞言無聲地望著他。他嘴角突然露出一絲淒涼的苦笑，轉過身去，走了。

真莉愣在門邊，聽到他走下樓梯的聲音。過了一會，她回過神來，把門帶上，靠在門上讀著信。她幾乎已經忘記自己寫過這封信。她愈看愈慌，最後一行，她寫著：

『我只想你知道一件事，要是從頭活一回，我還是渴望跟你相遇。失去了你，我不想過得幸福。』

『我的天！』她心裡叫了出來。

泰一一直留著這封信，他不知道看過多少遍了。但是，他壓根兒就不知道這封信是她在發現陸子康跟郭嫣兒搭上之前寫的。九六年聖誕的凌晨，她剛寫完信，就接到大飛打來的電話。她把信隨手塞進那個米黃色的文件袋之後，就把它給忘了，完全沒想到這封沒寄的信陰差陽錯，竟會到了泰一手裡。

她在這封信裡，甚至還提到了一休。她告訴陸子康，一休的聲音陪她度過那些被思念煎熬的夜晚。一陣懊悔湧上心頭，她當時為甚麼沒把信撕掉呢？她剛剛還責備泰一拿她來向路克報復，說他根本不愛她。她覺得心中一片混亂，這故事太錯綜複雜了。

『我明天再去想吧！明天我會知道怎麼做！』她心裡思忖。然而，她轉念又想：

『是的，我寫了這封信，他寫的那首〈幽幽的身影〉又怎樣？誰知道他們之間怎樣了？他一句也沒說過。噢……他不是說過挑了聖誕節前後的一段日子做節目，是想讓某個人聽到嗎，那個人不就是紫櫻麼？他心裡愛著的還是紫櫻！』

『算了吧！』她沮喪地想，這一切現在都不重要了。他不會再找她，她也不想解釋。他和她，壓根兒就是兩個世界的人。也許他說的對，一直以來，她並不想過得幸福。她不想再受傷害。

時間一小時一小時的過去，真莉躺在床上，眼巴巴地望著天花板。後來，她眼睛睏得沒法再睜開，就不知不覺地睡著了。當她醒來，看看窗外，已經是第二天的黃昏了。她起來，走到廚房去，骨碌骨碌地喝了幾口白蘭地。她多久沒喝了啊！她還以為自己永遠不能再喝。她喝了酒，感覺好多了，再不用去想些錯綜複雜的事情。

她又回到床上趴著睡，頭鑽進枕頭去。直到天色晚了，她迷迷糊糊地醒來，覺得嘴巴乾乾的。她走下床去喝水，她喝完水，癱在床上。她想起泰一曾經陪她度過多少個夜晚，要是他只想知道那四封信的故事，他用不著做那麼多。她也想起聖誕節的大清早，他陪她吃著火雞。那時候，他已經知道那四封信的來龍去脈了，大可以不必再理會她。他頭一次來她家，為她配襯過所有衣服時，還不知道她認識路克。

她直起身子，突然覺得整個人清醒過來了。她愛泰一——愛他是一休。她打從一九九六年的聖誕聽到他的聲音時就愛上他了。她愛他的才華、愛他的尖酸刻薄和自嘲，她愛那些和他共度的每一個時刻。他寫那首〈幽幽的身影〉，只是為了看看她會有甚麼反應。他也許愛過紫櫻，但他現在愛的是她。他只是愛面子，害怕給拒絕。他不是都已經對她剖白了麼？

『我要告訴他我是甚麼時候寫這封信的！』她心想。

『我現在就去告訴他！』她飛快地跳下床，打開衣櫃，穿上白襯衫和牛仔褲，還有那條他用過的皮帶。她站在鏡子面前端詳自己，發現自己喝過白蘭地的臉蛋緋紅。

『哎……我為甚麼總是喝了酒才清醒！』她微笑地哼起他寫的歌來，也嘲笑自己。她快樂了，覺得心裡充滿了愛戀和力量。她是一直都想過得幸福的。她回頭看了看書桌上的跳字鐘。

『一點鐘了！』她嚷了起來。

今天是周五，藍貓在天琴星的表演快結束了。她要去找泰一，把一切都告訴他。

真莉上氣不接下氣地跑到天琴星，她擔心泰一已經走了。天琴星外面燈火通明，她老遠看到泰一那輛吉普車停在前面。她心想，太好了！他還沒有走！她看到三個人影站在車邊，是泰一、山城和柴仔，三個人圍在一起，好像正商量著些甚麼。

她快步跑上去，大口地喘著氣，喊了一聲泰一。這時，原本背著她的山城和柴仔同時朝她轉過身來。她看到了第四個人——一個坐輪椅的女孩子，剛剛他們把她遮著，真莉沒看到。那女孩蓄著長直髮，一邊頭髮上別著一隻髮夾，她長得楚楚可憐的，活像個有點蒼白的洋娃娃，腿上蓋著一張毛毯，腳上穿著一雙平底的紅鞋子。泰一雙手搭在輪椅的把手上，女孩的一隻手反過去緊緊抓住泰一的那隻手。

泰一驚訝地看著真莉，兩個人目光相遇的時候，沒有歡喜，只有彼此的不知所措。她感到喉嚨發緊，再也說不出話了。泰一一句話也沒說，那隻手還是讓輪椅上的女孩緊緊抓著不放。

『真莉，妳為甚麼會來？』柴仔首先開口。

『我……我剛剛經過……看到你們……』她結結巴巴地說。

『紫櫻，這是真莉，她是電影系的學生，剛剛幫藍貓拍了一部紀錄片。』柴仔跟輪椅上的女孩說，又轉過頭來問真莉：『甚麼時候可以看？』

原來她就是紫櫻！現在，紫櫻朝她笑笑，那目光卻也帶著些許戒備。真莉擠出一個笑容，嘴上應著柴仔：

『啊……隨時都可以看。』

她瞥了泰一一眼，他那雙大眼睛無奈地看了看她。

『泰一，我覺得冷，抱我上車吧！』紫櫻仰起頭跟泰一說，那聲音充滿了往日的感情。

山城連忙打開前座乘客那邊的車門。泰一俯下身去，把紫櫻從輪椅上抱起來。真莉發覺紫櫻長裙下露出來的那雙腿軟軟的，她雙手牢牢地摟著泰一的脖子，臉朝他胸膛靠去，她看來是那麼柔弱又可憐，眼睛情深款款地望著泰一。

泰一把她放到前面車廂的座椅上，關上車門。山城和柴仔動手把她的輪椅塞進後車廂去，然後把車門關上。

泰一站在車邊，又看了真莉一眼，他嘴巴動了動，想說些甚麼，始終沒說。

柴仔拍拍車身，催促他說：

『喂……快送紫櫻回去吧！』

她看著他爬上車，車子緩緩往前走，比他平常開車的速度慢了很多。她杵在那兒，目送著他那輛車消失在遙遠的夜色裡。

『真莉，妳去哪裡？』柴仔問她。

『哦……我回家。』她回過神來說。

『那我們一塊走吧。』

她默默地走在柴仔和山城之間，臉色煞白，幸好他們沒看到。

『妳沒見過紫櫻啊？她是泰一以前的女朋友，剛從紐約回來。』柴仔說。『看來她還是喜歡泰一啊！』

『要不是小克那個混蛋，他們也不會分開。』山城憤然道。

『我看紫櫻從來就沒喜歡過小克。她喜歡的是泰一，女孩子都喜歡泰一。』

『總不成喜歡你吧！』

『啊……要是我也含著銀匙出世，誰說得準呢！』

真莉只覺得腦子一片空白，山城和柴仔的話，她差不多一句都沒聽進去。她走著走著，不自覺地走上另一條路，不知道把他們忘了在甚麼地方。她抬起頭，已經不見了他們兩個。

她從來就沒想過紫櫻是要坐輪椅的。

紫櫻回來了。是她把紫櫻的信送回去給泰一的，讓他知道紫櫻始終愛著他。由始至終，她只是個送信的人，裝飾著別人的愛情故事。

即使她現在告訴泰一，她給陸子康那封信是甚麼時候寫的，又說她已經不愛陸子康，還有甚麼意思？

這一切都已經太遲了。

3

一九九九年十二月初一個熱浪滾滾的黃昏，真莉人在非洲肯亞的草原上。她戴著一頂遮陽草帽，帽帶繫在下巴底下，跟攝影師躲在叢林裡，正用長鏡頭偷拍一群在草原上懶懶地散步或是趴著不動的獅子。她和她五個同伴身邊站著四個荷槍實彈的非洲保鑣。萬一獅子發現他們，想要襲擊他們，這四位槍法奇準的保鑣便會毫不猶疑地朝這群萬獸之王開槍。

真莉一九九八年剛來非洲森林的時候，害怕得要命，可她現在已經克服了這種死亡的恐懼。他們拍攝這群獅子已經有半年了。她甚至認得牠們每一個的樣子，為牠們分別起了外號。最瘦的那一頭叫柴仔，老愛東張西望又好奇的叫曼茱，愛爬樹的那頭小獅叫山城，最帥最壯的那一頭雄獅叫泰一。一年前，她在衣索匹亞拍攝一群獅尾狒狒的生活時，同樣的名字也分配給那個狒狒家族。

真莉瘦了，結實了。皮膚曬成蜜糖般亮麗的顏色。她從前常常暗地裡嘲笑拍片慢吞吞的曼茱將來最適合拍動物紀錄片，或是拍蝸牛的一生。她沒想到曼茱依舊在那個城市生活，她卻跑來這裡了。

一切源於一九九八年。那年五月底，她幽幽地離開香港，去多倫多探望爸爸媽媽。她兩年沒見過他們了。自從那天晚上在天琴星外面見到泰一和紫櫻，她和泰一再沒有聯絡了。畢業後，市道很壞，她沒找到工作，決定先去多倫多看看，也許繼續念書，也許過一、兩年回香港看看，也許永遠不再回去。即使是跟陸子康分手的時候，她也沒想過離開香港，但是，泰一卻讓她興起了遠走的念頭。

那天，飛機從啟德機場的跑道上起飛，她望著窗外的景物，難過得哭了。坐在她旁邊的一位中年法國男士遞給她一張紙巾。他們攀談起來，她才知道他原來是一位替電視台拍攝動物紀錄片的攝影師，名字叫保羅。緣分就是這麼奧妙，保羅問她可有興趣拍紀錄片，又問她怕不怕整年在外，從一個叢林走到另一個叢林，或是草原，或是南極，有時候一等就是三個月，為的也許只是捕捉一頭野獸吃喝睡覺的樣子。

他笑著對她說：

『要是妳害怕離別和孤單，這可不是適合妳的工作。』

他給了她一張名片。三個禮拜之後，真莉就揹起行囊，離開多倫多去了非洲，成為一位攝影助手。他們這支攝製隊有法國人、英國人、美國人、日本人和韓國人，就只有她一個中國人。

起初答應去非洲，她只是任性地想放逐自己，沒想到一去就是兩年。她愛上草原上美麗的日落，也愛上了紀錄片。她覺得自己以前就是太愛做夢了，拍紀錄片會把她鍛鍊得踏實一些。

不過，她還是花了一段時間才適應。她通常要住在簡陋的帳篷或旅館裡，白天在戶外頂著烈日，忍受像著了火的天氣，吃的東西也不對胃口，還要害怕隨時會被一頭猛獸吃掉。

每當她想放棄、想一走了之的沮喪時刻，她總是跟自己說：

『我要克服它！』

她克服了惡劣的環境和心中的恐懼，也克服了生活上種種的不方便，克服了對城市生活的懷念。最難克服的還是那些孤獨的漫長夜晚。她一個人坐在帳篷或是陌生旅館的房間裡，思念就會襲來。她分不清楚那是對家的思念，對她長大的那個城市的思念，對過去一切的思念，還是對泰一的思念。

他說過：

『喜歡長夜的人，是比較接近永恆的。』

她常常想起他這句話。她也想起林老奶奶對她說，喜歡『夏日之戀』的都是愛自由的瘋女孩，將來會到處跑，沒有一個男孩子拴得住她。當時她根本不相信林老奶奶的說話，如今她的話卻應驗了，比算命師還要準。

在非洲，她跟文明世界的唯一聯繫就是那一台她無論跑到哪裡都帶著的手提電腦。她都不寫信了，只偶然給家裡和曼茱寫寫電郵。有時候，她覺得她好像也變成非洲叢林裡一頭懶散的動物了。

然而，物競天擇，不管人或動物，只有順應環境的才能生存下去。兩年來，她克服了失戀、孤獨和離別，對泰一的感情，卻因為不斷的回憶而越發強烈了，這是她意想不到的。因為，她雖然離他很遠，卻還是能夠聽到他的聲音。

一九九八年在衣索匹亞，聖誕前後的日子，她守在電腦旁邊，透過互聯網聽著他主持的『聖誕夜無眠』，每當這些時刻降臨，他便好像從沒離開過她。

化名一休的他，還是愛玩他那個選擇題的遊戲。他放的歌還是那麼動聽。一首歌落在他手上，就不一樣了。

一九九八年聖誕節的那天，她聽到他問這一題：

『一天之中哪一個時刻最接近永恆？』

『啊……是長夜。』她心中想著，又想起一九九七年聖誕的早上，他們一起吃一隻大得可怕的火雞。

她也很高興知道藍貓已經走紅了，是曼茱告訴她的。一九九八年，藍貓出版第一張唱片，主打的那首歌就是有天泰一送她回家時在車上播給她聽的那一首，當時還沒譜上歌詞。他問她有甚麼提議，她說這首歌比較像一段悠長的思念。她還記得他說：

『愛不像風箏，不能說收回來就收回來。』

她說：『不放出去，便不怕收不回來。』

這首歌唱得街知巷聞，使藍貓在短短一年間紅起來。歌詞寫的竟然就是她跟他那天在車上的一段對話，歌的名字叫〈愛不像風箏〉，她把歌下載到她的隨身聽裡，常常聽著。她不知道是否也有些一廂情願的想法——她覺得泰一還是想念著她的。

一九九九年十二月二十號這一天，她人在肯亞叢林附近的一個帳篷裡，聽著一休的節目。她多害怕他成名後不再做這個節目啊！她心想：

『他就不怕他的歌迷認出他來麼？』

她在非洲肯亞，他在香港。節目裡，他問了這一題：

『選一部電影，喜歡這部電影的都是瘋女孩。』

『天哪！他說的是我麼？』她笑了。

他卻沒播歌，只說：

『這一題送給我的一位朋友，她知道答案。』

她曾經以為她和泰一做不成朋友了，然而，遠隔天涯，她覺得他們如今彷彿又是朋友了。只要不見面就好。她早就告訴過他，從沒開始的愛情，是比較悠長的。她突然又想起，他吻她的那天，她說：

『我為甚麼怕你？你又不是獅子老虎！』

她現在倒是常常見到獅子了。

4

一九九九年十二月二十六號這天，真莉再次揹起簡單的行囊出發。這一次，她不是去工作，而是跟著攝製隊大夥兒從肯亞飛去南非的開普敦。開普敦從十二月三十號起舉行一場連續二十四小時的電幻音樂會，迎接千禧年的降臨，許多支世界著名的電幻樂隊都會在那兒表演。真莉跟她的同伴們想去看看。順便度個假。

她就住在開普敦市中心長街的一家旅館，那是市中心最熱鬧的地方。十二月三十號那天，她從那場音樂會回來了，跟她一起的，還有同樣是攝影助手的日本女孩由美子，她們兩個都受不了那裡的人太擠，玩了一會就決定結伴回旅館。真莉也想留在房間裡聽泰一的節目。兩年來的除夕，她都沒錯過，千禧年的除夕，她更不想錯過。

除夕的午後，真莉和由美子在市中心一起逛街，兩個人買了許多手工藝品，真莉又買了一雙可愛的輪胎涼鞋。由美子先回旅館去了，真莉獨自留在旅館旁邊的唱片店看看。她逛了一會，竟然無意中在唱片架上發現一張『藍貓』的唱片——不是她認識的藍貓，而是一支非洲樂隊。她覺得很好玩，馬上拿去櫃台付錢。

拿著大包小包從唱片店出來的時候，突然有把聲音叫她。

『真莉！是真莉嗎？妳為甚麼會在這裡？』

她轉過頭去，看到跟她說話的竟是柴仔，柴仔身邊站著山城，還有那個她闊別多時的人，泰一就站在山城和柴仔後面。

他絲毫沒變，只是頭髮長了，依然是三個人之中最突出的。兩個人目光相遇的時候，她驚訝得說不出話來，愣在那兒好一會。他那雙大眼睛望著她，朝她咧開嘴笑笑。

『聽曼茱說，妳去了非洲叢林拍紀錄片，是嗎？』柴仔又說。

『是啊！我跟同事來看音樂會。你們又為甚麼會在這裡？』

『我們也是來看音樂會。』山城說。

『音樂會還沒完啊！昨天人太擠，所以我今天不去了。』真莉說。

『泰一也是說人太擠，嚷著要走！我倒是捨不得走。』柴仔說。

『你見鬼去！』山城捅了他的肋骨一下，說：『要不是我們一路揪著你走，你早給人踏死了！』

『啊……真莉，妳買了甚麼？』柴仔問。

『唱片。』她說。

『甚麼唱片？』

她連忙把唱片藏在身後，她不想泰一看到她買的是藍貓的唱片——雖然這是非洲的藍貓。

『就是非洲音樂啦！』她說。

『我也進去看看。』柴仔跟山城說了一句，兩個人便一起進了唱片店。

『妳好嗎？』泰一首先開口說。

她微笑點頭，問他：

『你不用做電台節目麼？』她明明前一天還聽到他的節目。

『千禧年除夕，電台有特別節目，暫停一天，明年再會。』他掛著一個微笑說。

然後又說：

『真巧啊！在這裡碰到妳。妳住哪裡？』

她仰起頭，指了指背後的那幢旅館。

『妳曬黑了。』他說。

『唉，沒辦法，在非洲嘛！我一定變得很難看了。』

『噢……不，妳看來很好。』

她笑了笑，說：

『難得啊！你沒取笑我今天這身打扮！』

他挑了挑那兩道烏黑的劍眉，說：

『這裡是非洲，就不能要求太高了！妳沒變得像非洲土著已經很好啦！』她禁不住噗哧一聲笑了出來，陽光下，他那雙黑眼睛熠熠生光。

『今晚一起吃飯吧？』他突然提出來。

『啊……好啊！』她咧嘴笑笑，心中一陣喜悅。

『我六點鐘來接妳。』他歡喜地說。

『那麼，六點見。』她儘量裝出一副若無其事的樣子，說：『我住一零七。』

五點鐘，真莉站在鏡子面前，噘著嘴，很不滿意地看著自己的模樣。在非洲生活的日子，誰又會好像住在城市裡那樣悉心打扮。現在，她一年多以來頭一回端詳鏡子中的身影，才發現雪白的皮膚已經離她而去了。雖然每次在外頭她都拚命塗防曬膏，也戴著草帽，可陽光還是不好應付。還有她的頭髮，來南非之前，她狠心把留了多年的長髮剪掉，省得要打理。她的頭髮如今短得像男孩子，就跟泰一、山城和柴仔他們沒兩樣。待會跟泰一吃飯，他又不知道會怎麼嘲笑她了。他也許會皺皺眉說：『怎麼妳來了非洲，以前那個獅子頭反倒不見了？』

真莉想著想著禁不住笑了。她帶來的隨身衣服只有那幾件。她根本沒想到會碰到朋友，更沒想到那個人竟會是泰一。現在，她挑了行囊裡最好的穿在身上——一件芥末色低領中袖的汗衫和一條栗子色吊腳褲，只能這麼湊合著穿了。泰一待會見到她，肯定又會說：

『哎呀呀……以前教妳的全白費了！』

『不，他肯定會說得更難聽的。』她思忖。

她皺皺鼻子對鏡子裡的身影笑了，連她自己也不知道為甚麼要那麼在乎他的想法。

『不過就是舊朋友碰面吃頓飯罷了！』她跟鏡中那個心情有點緊張的自己說。但她偏偏又希望沒那麼簡單。三個鐘頭之前在樓下剛剛看到他時，她覺得好像從來都沒跟他分開過。

突然，真莉又想起甚麼似的，臉上的微笑頓時消失了。她怎麼會傻得一時忘記了呢？她是因為這樣才來到非洲的。她和泰一之間，隔著一個紫櫻。

她撇撇嘴，離開了那面鏡子，悶悶不樂地想：

『哎……我真傻。』

她又想：『不過是舊朋友吃頓飯罷了，山城和柴仔也會一起來的啊！』彷彿這麼重複對自己說便會減少一點期待，讓心情好過些。

她看看鐘，五點半了，時間好像過得很慢似的，她想找些甚麼來做好分散自己的注意力，那麼，待會見到泰一的時候，便不會顯得很期待了。他總是很容易就看出她的心思。她在房間望了一眼，看到擱在桌上的那台手提電腦。

『啊呀呀……我已經兩天沒看電郵了！』她想起來，就坐到椅子上，盤起兩條腿打開電腦。她的郵箱才兩天就塞得滿滿的，其中許多封都是曼茱寫給她的。

『她幹嘛塞滿我的郵箱啊？』她心裡想著，先打開曼茱昨天第一封電郵來看看。

真莉，

不知道該怎麼跟妳說。陸子康昨天出車禍，死了。

真莉驚得喊了一聲：『哦！』雙手捂住嘴巴。過了一會，她伸出發抖的手指把曼茱的電郵逐一打開來看。曼茱一直追問她有沒有看電郵，又把報紙上車禍的照片傳送過來給她。那宗車禍是十二月三十號凌晨在港島東區走廊發生的，陸子康的車子以超過兩百公里的時速撞上路邊的石墩，車子斷成兩截，他腦袋碎掉了。跟他同車的一個新進的小豔星給拋出車外，也死了。曼茱告訴她，子康車禍前剛從一個派對出來，喝了許多酒，那個小豔星是他交往了大半年的新女友。

真莉，

妳還好吧？已經看到了我的電郵麼？很擔心妳。

真莉的淚水急湧出來，下巴顫抖著。陸子康死了！怎麼可能啊？他還這麼年輕！她想起她最後一次看到他是在香港的啟德機場。那天，她滿懷心事地出發去多倫多。當她排隊經過檢查站時，旁邊那一行突然有個人叫她。

『真莉！』

她轉過頭去看看，竟然是陸子康。他一個人，手裡拎著一件輕便的行李，下巴尖底下的山羊鬚已經不見了。看見她時，咧嘴朝她笑笑。

『天哪！為甚麼會在這裡見到他！還要在這個時候！』她心裡大呼倒楣，沒表情地瞥了他一眼。

她以為過了檢查站就可以擺脫他，沒想到他又追上來了，問她：

『妳去哪裡？』

『多倫多。』她不情願地回答他。

『哦……我去日本拍外景。』他又不忘得意洋洋地告訴她：『我剛剛當上副導演。』

她瞥了他一眼，臉上沒表情。

『妳畢業了吧？』他衝她笑笑。

『唔……』她應了一聲。

『今年市道很壞呢……要不要我幫妳找工作？我倒是有些辦法的。』他說。

她掃了他一眼，不耐煩地說：

『不用啦。』

他有點難堪，兩人默不作聲走了一段路。

『我跟郭嫣兒分手了……』他重新開口說，一副他一點都不懷念的樣子。

『是嗎？』她口吻冷淡地說。心裡想，狗男女的下場本該如此。接著她冷淡說：

『我要登機了。』

她沒看他一看就逕直往前走。她的心情本來不太好，他也不能讓她的心情再壞一些了。她只希望以後再也見不到他。

現在，她坐在異鄉旅館，哭了。她曾經發誓不會再為這個人哭的，她違反了自己的誓言。他很壞，她曾經多麼恨他，但她畢竟愛過他。從前，她覺得他壞得不能再壞，可如今他死了，她想，他以前做的一切，並不是要傷害任何人，只是因為他軟弱。

她原諒了他的一切，但他已經不能復活了。她很後悔最後一次見到他的時候沒對他好一些。他畢竟是愛過她的，這一點她從沒懷疑過。淚水濕了她的眼睛，她難過地想起他來。

這時，她聽到敲門的聲音，她擦乾眼淚，推開椅子，站起身走去開門。她打開門，看到泰一一手撐在門框上，咧嘴朝她笑笑。她讓他進來。他在房間裡張望了一下，說：

『這裡不錯啊！非洲看來倒是個好地方，要是不用吃非洲菜，那會更好。』

她心不在焉地聽著。

他接著說：

『我很高興妳沒給獅子吃掉！』

他沒聽到她回答，就轉過頭來看她。她知道他想逗她笑，她努力想擠出一個笑容，嘴角皺了皺，笑得有點勉強，陸子康剛死了，她只覺得心中一片淒涼。

『我們可以出發了麼？』他那雙清澈的黑眼睛想看出她心中的思緒。但是，這一次，他看不出來。

『對不起，我不去了，你們自己去吧，玩得開心點。』她抬起一雙恍惚的眼睛望著他，話不斷冒到嘴邊卻又止住了，她抖動的嘴唇勉強地笑笑，只說了這麼一句話。

他臉上露出失望的神情，迷惑不解的目光與她相遇，不明白她為甚麼突然變了，他卻又不知道是甚麼地方不對勁。他高大的身軀尷尬地站在門邊看了她一會。

他走了，她跌坐在椅子上，眼睛湧出了淚水，默默聽著他的腳步聲漸漸消失在外面的走廊裡。見不到他的日子，她多麼渴望他，多麼想見他一面。然而，他們的重逢卻偏偏隔著一個屍骨未寒的人，彷彿是個詛咒似的。長夜的思念都成為泡影了，她一直覺得『收到你的信已經太遲』那齣戲很詭異，拍完這部戲之後，她所遇到的一切，彷彿都總是太遲了。她腦子一片混沌，此刻的她，只有一個地方想去——她想回肯亞的叢林去，在那兒，她能夠靜靜地舐傷口，把痛苦和淒涼都拋到腦後。

『哦……我明天就回去。』她打起精神想。

原來，她對那個草原上的長霞落日已經有了鄉愁，那裡是她的避風港。

5

這會兒，在午後明媚的陽光中，真莉獨個兒坐在巴黎歌劇院路邊的露天咖啡座裡。她喝著紅酒，悠閒地翻著一本書，身邊的空椅子裡，放著她剛剛從百貨公司買的大包小包的東西。距離二〇〇一年的聖誕節還有三天，十二月的巴黎本來不是個好季節，可這天卻很溫暖。

這是她頭一次來巴黎。五天之前，她剛剛從布列塔尼飛過來。攝影師保羅的家鄉就在布列塔尼，保羅聖誕回家度假，也邀請了她一道來玩。她在保羅家裡住了兩個星期，他太太做的菜可口極了，保羅又給她介紹了不少朋友，那兩個星期過得很愉快。

然後，她獨自飛來巴黎，打算過了聖誕才回肯亞去。她去過羅浮宮，也遊過塞納河畔了。她曾經覺得巴黎是個鬼地方，陸子康就是在巴黎背叛了她。可是，現在都無所謂了。他死了，以前的一切都好像不是真實的。她眼前的巴黎是新的一頁。每一次，當她到了一個新地方，總會想起泰一的奶奶說的那句話：

『妳是個愛自由的瘋女孩，將來會到處跑，沒幾個男孩子拴得住妳。』

但是，那些野獸卻拴住她了，把她留在了非洲草原。保羅已經說了，他們後年會去阿爾卑斯山拍攝在那兒飛岩走壁的羚羊，真莉沒見過這種羚羊，想起都覺得興奮。

真莉變了，比以前出落得更漂亮，那種漂亮是充滿陽光和自信的。攝製隊裡幾個年輕的男孩子都愛慕她，可她只是把他們當作朋友，笑著對他們說：

『萬一有一天，那些獅子襲擊我，你們誰肯救我一命我就相信誰是真心喜歡我的！』

保羅在布列塔尼介紹給她的幾個法國男孩子，一見到她就像螞蟻追著蜜糖似的，但她不愛法國男孩，他們是出了名多情的。

真莉放下書，把她剛剛在百貨公司買的衣服拿出來，很滿意地又看了一遍。她買了幾件白襯衫和兩條牛仔褲，她知道自己這樣穿最好看。此刻的她，就是這麼穿，只是外面加上一件黑色羊毛衫和黑色長大衣。身上用的還是泰一從身上脫下來給她的那條黑色皮帶。這條皮帶已經有幾個地方磨舊了，反倒顯得更有味道。

她看看手錶，匆匆把衣服塞回去購物袋裡，掏出錢包準備結帳回旅館去，回去休息一會，就可以在網上聽到泰一的節目了。在布列塔尼和巴黎，他的聲音都陪伴著她。

她抬起手想叫服務生，這時，她驚呆了，拿著錢包的手僵在半空。她看到紫櫻跟一個法國男孩子手牽手親暱地走進咖啡座。她沒坐輪椅，腳上還穿著一雙三吋的紅色高跟鞋。她吃驚的目光跟紫櫻愉快的目光相遇，兩個人都認得出彼此。

『天哪！她為甚麼會走路？』真莉在心中嚷了起來。

紫櫻朝她笑笑，跟那個男孩子耳語了幾句，那個男孩子看了真莉一眼，逕自坐到裡面去。

『嗨！』紫櫻跟她打了個招呼，說：『妳是真莉吧？』

『哦……妳是紫櫻？』她的目光不期然看了看她雙腳。

紫櫻拉開一把椅子坐了下來，咧開嘴笑笑說：

『妳一個人嗎？』

『啊……是的……』真莉心中一串問號，一時想不到跟她說些甚麼，只說：『妳……妳認得我？』

『哦……我平常記性沒那麼好的，但是，那天晚上在天琴星外面，有三年了吧？我當時拚命記住妳的樣子，因為妳很漂亮，我覺得妳是我的情敵。後來，我問泰一那天為甚麼沒到文華酒店的咖啡室去？我在那裡等了他一個晚上呢！他告訴了我那些信的事，是妳把我糊裡糊塗投進假郵筒的信送回去給他的，所以，我更加記得妳。』

『但妳雙腳……』真莉的目光落在紫櫻的腿上。

『我雙腳怎麼了？』紫櫻怔了怔。

『妳不是要坐輪椅的麼？』

『輪椅？』紫櫻想起來了，說：『噢……九八年的四月，我在紐約出車禍，盆骨受了傷，不能走路，有一段時間要坐輪椅。我叔叔是大學裡的骨科教授，爸爸媽媽不放心，要我回香港讓他看看我。所以妳看到我的時候，我是坐輪椅的。』紫櫻說著說著恍然大悟，瞥了真莉一眼，問她：『妳以為我是癱瘓的？』

真莉不禁尷尬得臉蛋一陣緋紅，心裡想：

『啊呀！我為甚麼沒問清楚！』

紫櫻突然笑了，說：

『我當時倒是這樣騙泰一的，我告訴他，我不知道自己會不會變成癱子。他人很好，一直照顧我，所以，我很快就不忍心騙他了！我很想回到他身邊，但他不是很愛我啦，我們從小就認識，以前是我追他的。我想，就算他收到那些信，也不會去文華見我的。後來，我回紐約去，認識了我丈夫。』她說著看了看坐在那邊的男孩子，嘴角露出甜蜜的笑容。

她轉回來，看了看真莉，說：

『妳有沒有見過泰一？』

『哦……我……很久沒有了。』

『他喜歡妳啊！』

『嗯？』真莉怔了怔，這句話由紫櫻說出來，讓她覺得有點不自在。

『雖然他嘴裡沒說，但我看得出來，那天在天琴星見到妳時，我拚命抓著他的手，他多想鬆開我那隻手啊！』她停了一下，又問。『來度假嗎？』

『嗯……』她笑笑。

紫櫻撇了撇嘴角，說：

『我先生要回來探親，十二月的巴黎不是好季節啊！時差又可怕，我最愛睡覺了，這兩天剛到，都睡得不好。』

『妳……妳很愛睡覺？』真莉心裡一怔。

紫櫻笑笑說：『我一過了晚上十二點鐘，眼皮就撐不開了。』

真莉驚了一下，連忙問：

『妳……妳知道聖誕節對泰一有甚麼特別的意思嗎？』

紫櫻皺了皺眉，想了一會，說：

『聖誕？啊……他媽媽是聖誕在醫院裡過身的，那時泰一才九歲。他媽媽身體不好，常常要住醫院。泰一的房間裡，還留著那部他媽媽每次進醫院都帶去聽的收音機。』

『天哪！原來他說聖誕節的節目是做給一個人聽，說的是他媽媽！』真莉倏地站起來，匆匆打開錢包掏出一張鈔票放在桌子上。

『妳去哪裡？』紫櫻抬起頭詫異地問她。

『我要飛啦！』真莉急急忙忙說。

6

『小姐，現在是聖誕節呀！』航空公司櫃台那位金髮的女職員一臉不悅地對真莉說。

『噢……請妳替我想想辦法吧！我一定要馬上回香港去，任何辦法都好。』這一刻，真莉在巴黎機場裡。她從咖啡座奔回去旅館，拿了行李就直接跑過來。機場擠滿了人，她後面就有許多乘客等著，不耐煩地弄出一些聲音來，她都不敢轉過頭去看。

金髮女職員盯著電腦屏幕，一雙手不斷在鍵盤上飛舞，過了一會，她終於說：

『今天晚上有一班機去曼谷，妳在曼谷機場轉機，十二月二十五號凌晨兩點五十分抵達香港，只有這個辦法了。』

『啊……謝謝妳，就這樣吧！』真莉高興得嚷了起來。

幾個鐘頭之後，她終於坐在飛往曼谷的班機上。她在機場等了大半天，並不覺得累，心中只想著快點見到泰一。她愛他，從他是一休的時候她就愛他，卻害怕去承認，害怕再受到傷害。她愛他的聲音，愛他的歌，愛他的刻薄和詼諧。是他讓她知道歌可以這樣動人、衣服可以這麼穿、花是會凋謝的好。這些年來，不管她人在哪裡，心裡總有他一席之地。她心想：

『我竟然說他是為了報復路克才說喜歡我！他一直都喜歡我，只是他愛面子，所以戲弄我、取笑我，那麼，即使我不愛他，他也不會難堪。他留著那封信，他以為我還愛著陸子康！我看到他抱著紫櫻，卻又不去問清楚，反而一走了之。噢……我們浪費了多少時間！』

她從背包裡拿出幾小時前在機場免稅店裡買的「橄欖牌」巧克力放在膝頭上。她終於自己買到這種巧克力了。她輕輕地鬆開了那條藍色的絲帶，想吃一顆，她望著漂亮的巧克力，想了想，又重新把絲帶綁起來，心裡說：

『我現在不吃！我要看到泰一才吃！我要覺得他對我還有感覺我才吃！一年了，天知道他會不會愛上了別人！上次在南非，我是怎麼對他的啊！』她把那包巧克力塞回去背包裡，頭倚著窗子，望著外面黑濛濛的一片。

她想念香港的夜色，想快點見到泰一，但是，這段路太長了，實在太長太長了。飛機在曼谷機場降落之後，她又等了三個鐘頭才登上飛往香港的班機，那時候，飛機已經遲了兩個鐘頭才開出。

清晨四點五十分，她終於看到了香港的新機場。她九八年五月離開的時候，這個機場還沒落成。飛機徐徐降落，駛進停機坪，她連忙拎起行李，飛快地走出機艙。

她偏偏在新機場裡迷了路，當計程車來到電台，已經是六點鐘了，天還沒亮，下著寒冷的細雨。她付了錢，走下車。一輛跑車從電台停車場駛出來，在她身邊經過。她三步併兩步的跑進電台大堂，一個守衛攔住她，問她要找誰。

『泰一……噢……不，我要找一休……』她煞住腳步，喘著氣說。

『他剛走了。』那個人說。

他走了，不在這裡。她滿懷失望地轉過身去，踏著蹣跚的腳步走出電台。外面下著細細的雨，她把衣領翻上來，茫然站在電台外面的一盞街燈下，空空地望著對街公寓的樹籬，四年前的這一天，她曾經躲在那兒等待泰一出現，那天，她並沒有遲到。

這一刻，她不知道該往哪裡去，媽媽去年已經託人把堅尼地城的房子賣了。她身上現在連一個香港電話都沒有。她可以進去電台借電話打給泰一，但是，那又怎樣呢？那種感覺是不一樣的，她想當面見到他，面對面跟他說話，觀察他、看看他對她是不是還有感覺。何況，今天是聖誕節哪！

『啊……我又遲了！』她辛酸地想。

這時，一輛跑車駛來，在她面前停下。她沒見過這輛車。突然之間，車門打開了，走下來一個人，打開一把黑色的雨傘。那高大的身軀只跟她隔著幾步的距離。除了他，她從來就沒見過一個打著傘的男孩子這麼瀟灑。

『真莉，果然是妳！我剛剛走的時候，看到一個人很像妳，所以拐回來看看。』泰一臉上掛著個微笑，走到她身邊，把雨傘挪到她頭頂替她擋雨。

『啊……原來剛剛那輛車是你的嗎？我沒想到你換了車。』她仰頭看著他，心中一陣喜悅，眼睛亮了。

『甚麼時候回來的？』他看到她手上拎著一個旅行袋。

『我剛回來……我……我前天在巴黎見到紫櫻……她……她用腳走路。』

泰一皺起了眉頭，說：

『她當然是用腳走路了！』

真莉微微噘起嘴說：

『你沒告訴過我。』

泰一那雙黑眼睛露出恍然明白的神色，不禁笑笑說：

『那時候妳走了啊！』

她抬起歉意的目光望著他，想起也覺得自己有多傻，她喃喃說：

『是啊！我走了，我去了非洲。』

『那妳為甚麼又會在巴黎？』

她這才想起她跟保羅約定在巴黎會合的。

『天哪！』她喊了出來：『我去了巴黎度假！我跟攝影師說好過明天從巴黎一起回肯亞去的。他見不到我，一定會大發雷霆！我回不去了！』

泰一嘴角突然露出一個幸災樂禍的表情。他挑了挑那兩道烏黑的劍眉，衝她笑笑。

『那就留下來吧，』他那把嘶啞動聽的聲音溫柔地說：『那些獅子老虎又不會想念妳。』

她烏亮亮的眼睛望著他，心裡笑盈盈地想：

『啊……我的巧克力放在甚麼地方？我現在可以吃「橄欖牌」巧克力了！』

國家圖書館出版品預行編目資料

收到你的信已經太遲／張小嫻著. --初版. --臺北市；
皇冠, 2006〔民95年〕 面； 公分.
--(皇冠叢書；第3555種）（張小嫻作品；36）
ISBN 957-33-2246-3（平裝）
857.7 95009389.

皇冠叢書第3555種

張小嫻作品 36

收到你的信已經太遲

作　　者—張小嫻
發 行 人—平雲
出版發行—皇冠文化出版有限公司
台北市敦化北路120巷50號　電話◎02-27168888
郵撥帳號◎15261516號
出版統籌—盧春旭
編務統籌—金文蕙
責任編輯—潘怡中
美術設計—王瓊瑤
印　　務—林莉莉
校　　對—鮑秀珍・潘怡中
行銷企劃—邱馨瑩
著作完成日期—2006年
初版一刷日期—2006年6月

法律顧問—王惠光律師

讀者服務傳真專線◎02-27150507
皇冠文化集團網址◎www.crown.com.tw
張小嫻皇冠官方網站◎www.crown.com.tw/book/amy
電腦編號◎379036
ISBN◎957-33-2246-3
Printed in Taiwan
本書僅限台澎金馬地區銷售
本書定價◎新台幣220元